林国庆 著

在有限中追求无限

全球寿险顶尖高手 林国庆

上海人民出版社

连战 敬题

连战

林國慶女士 大著

「在有限中追求無限」出版誌念

防患未然

惠澤後人

連戰

敬題

编者荐言

在岁月的相册里，有这样一位优秀的华裔女性的身影，有这样一位可亲的保险大使的笑容，令人顿生敬意。30多年前，她以一个留学生的身份，只身到美国发展。虽然在旧金山大学取得了硕士学位，却在人生地不熟的美国无法找到合适的工作。为了生存，她加入了保险行业，从挨家挨户地找寻客源，到现在积累了世界各地4000多个客户。如今，她是全世界第一个成为MDRT中TOT终身会员的华裔。这是保险行业中的最高荣誉。她就是林国庆女士——一位成功人士的典范。

她始终觉得，个人在美国30多年来的奋斗经历所代表的不仅仅是自己，而是代表着女性，一个中国人，一个亚裔，一个赴美国的移民，和所有从事保险业务的代理人。所以，当她出去面对任何一个人的时候，头上的光环代表着荣誉也肩负着重要的使命。

除了在保险业成绩斐然，她自己还创立了一个公立电视节目"WHO'S WHO ON TV"，不时出现在美国的媒体上，专访世界名人。前后15年，她身兼节目制作人与主持人，足迹遍及世界各地。从美国总统布什到前苏联戈尔巴乔夫，从影视圈的李安大导演到高科技的宏碁创办人施振荣，各行各业的名流与精英人士，都先后出现在她的电视节目上，每一个星期在140多个国家电视台播出。每一位贵宾都欣然来到"WHO'S WHO ON TV"节目，向大家讲述个人的精彩故事，为年轻一代树立典范。而这近距离的接触，也使她在人生的旅程中获益匪浅，更增添了生命的色彩。

林女士曾于1995年在台湾出版《平凡中的不平凡》一书，由陈立夫先生封面题字与写序。该书后来被中国台湾、马来西亚的保险公司选用为早读课本。

现今，正值中国在世界舞台崛起，成为重要角色，而且国内保险事业方兴未艾。经朋友提示，个人思考，林女士深感有这份责任，把24年来在美国从事保险业和成功的体会，讲述出来与自己的同胞分享；她也希望把自己失败的教训谈出来，避免大家重蹈覆辙；她更希望将美国同业的一些新的理念向祖国同胞介绍，让志同道合的朋友们做事更快更有效率，实现并超越梦想。更重要的是，她想把保险行业的真正价值与从业操守一代代传承下去。因此，林女士迫不及待地将心里想的，手上做的，脑子里牵挂的，都写出来化为文字，与大家分享，共同攀登事业的高峰。相信无论是业内还是业外的读者，都能从不同层面，不同角度获得启迪。

与前外交部长唐家璇先生合影

在第四届世界华人保险大会招待酒会上，与商务部长薄熙来先生合影

在北京参加会议，
与北京市长刘淇
先生

与外交部副部长杨
洁篪先生

访问残疾人联
合会主席邓朴
方先生

访问前海基会会长辜振甫先生，辜先生平日不轻易接待访客

访问前海协会副会长唐树备先生

访问前国民党主席连战先生

访问亲民党主席宋楚瑜先生

在中国台湾地区举办的
"世界华商妇女企业家
论坛"上，接受台北市
市长马英九颁奖

访问连战夫人连方瑀女士

与知名人士陈香梅女士交流

与前美国总统老布什

与前苏联总统戈尔巴乔夫

与美国华盛顿州州长骆家骅

与建筑大师贝聿铭先生

与诺贝尔奖得主李远哲先生

与国际神探李昌钰博士

与李安大导演

与小提琴家马友友

在2001年世界杰出华商妇女华冠奖颁奖典礼上

在世界华人保险大会上发言

在公司的每次评选活动中都能得奖，图为参加"纽约人寿，传家之宝"活动

在公司的一次年会上，从公司高层人士手里接过旧金山保险经纪第一名的奖状

在林国庆从事保险业20年的庆功宴上，主持人在介绍国庆20年的成就与贡献

与纽约人寿保险公司总裁Seymour Stevnberg先生

与纽约人寿保险公司总经理Fyel Sievert先生

与平安保险公司总裁马明哲先生

与泰康人寿保险公司董事长陈东升先生

与泰康人寿保险经纪蹇宏先生

与身残志坚的张士桐成了忘年交

目　录

目
录

序一

　　林国庆一直是纽约人寿业绩最佳的保险顾问。24 年来，她一直是我们公司的最高成就奖获得者（我们的顶级业务代表）以及百万圆桌协会成员。她同时致力于社区服务，15 年来坚持制作并主持"林国庆时间"电视节目。

美国纽约人寿保险公司
董事长兼执行长史端博

2006 年 4 月 14 日

序二

出色的典范

　　林国庆加入纽约人寿保险公司到现在,已经过去了将近25 年。这期间,她逐渐成为我们公司以及保险行业中最成功也最受人尊敬的保险代理人。她从最初那个卑微的,敲开她的移民同胞的家门,向他们提供建议和服务的新手,转变成为拥有 4 000 多个客户的保险顾问。她在事业上取得了非凡的成就。但是,林国庆真正与众不同之处在于,她坚信这项事业具有伟大的价值,她也相信人寿保险公司的产品和服务能够为每一个家庭达到财务目标。她更是实践验证了这个传统模式,也就是勤劳、正直、诚实、关怀客户是永恒不变的信条。这个模式也得到在任何时间从事任何行业的专业人事的认同。

　　林国庆的工作精神是非常鼓舞人心的。我相信任何一位希望从事人寿保险行业的人,都很难再找到一位比她更出色的典范。

　　　　　　　　　　美國紐約人壽保險副總裁 Fred

序三

寿险是以仁为本的事业

　　寿险，从现代经济角度很直观地看待，就是一门生意。从金融业角度很直观地看待，就是一门在钱眼里翻筋斗的生意。寿险从业者，自然也就是一个生意人，或者说商人。此论并无不妥，也正是这种商业视角在几百年来推出了一个庞大的经济行业，惠泽亿万人。我从事寿险业几十年，从东方到西方，又从西方到东方，于商业中看到，寿险是以仁为本的事业。西方《圣经》讲爱，东方儒家讲仁，仁者爱人，保险是仁，也是爱。

　　林国庆女士24年寿险从业之心路感言，凝集成这本《在有限中追求无限》，实质上讲述的正是一个在保险业中追求仁的历程，一个在有限生命中追求无限的仁的历程。该书前三章"勇往直前"、"排除万难"、"攀登高峰"是讲述作者递进的从业经历；第四章"从业心得"和第五章"以人为镜"分别提炼了在从业中做事和做人的感悟；第六章"世事感悟"则总结出保险之真谛。此为全书之逻辑，30载风雨，无尽甘苦，淘沙炼金，一气呵成。全书虽不着一仁字，却尽得仁之风流。

作者在第六章"惠泽后人无怨悔"一节中有言:这种责任和爱心不就是保险的精神所在吗?责任与爱心,就是仁,换言之,仁正是保险的精神所在。作者无须言仁,而其24年的路径正是追求仁的无限,作者是在寿险业中求仁的践行者。

　　林国庆女士的这本书,读者可以从前至后依序阅读,更建议在顺序之后,再从后向前读。因为领悟了最后一章中作者所言之道,才能够更好地理解前面所述之事。之所以说寿险是仁的事业,首先是因为寿险需求者的目的是为了个人、家庭对未来不确定性的财务保障,这种需求是源于责任和爱心,是源于仁,通过寿险来实现责任和爱心,实现仁。于此,作者认知到这个保险的真谛。其次,保险从业者的行为,是为了帮助寿险需求者实现这种财务保障,帮助其实现责任和爱心,实现仁。"老吾老以及人之老,幼吾幼以及人之幼"。保险从业者在助人成仁的过程中,也就实现了自己的仁,实现了自身的责任和爱心。于此,作者破除了"保险不就是在赚钱"的误区,掌控住保险之真谛。再次,先有仁,而后有义、礼、智、信,更有仁者无畏,作者在从业中以足够的友善、专业、智慧、诚信服务于客户,以足够的勇敢来勇往直前,去排除万难,最终攀登至事业之高峰;于此,实现了仁,实现了保险之真谛。认知、掌控、实现保险之真谛,是本书亦即作者从业之脉络,是求仁之路径。

　　林国庆女士以直接服务客户来求仁,我则以服务于寿险公司及团队进而服务客户来求仁,殊途而同归。我所服务的一家在中国的合资寿险公司的愿景是:结合优越的国际经验及符合中国的经营特性，为我们的客户建立财务自主，并成为中国寿险业的领先者。建立财务自主，即是以财务的形式来实现责任和爱心。作者希望把30年来在美国从事保险业和生活的体验，回报自己的祖国，与自己的同胞分享，希望将美国同业的一些新的理念与大家分享，这不正是体现了结合优越的国际经验。近年，我受中外方股东所信托，创建合资寿险公司，确立以"为顾客建立财务自主"为核心的公司愿景，以"正直与诚信"为基本的核心价值观，以"贡献服务"为首要的经营原则，以"客户需求"为导向的营销模式，以"保障型"为主体的产品架构，正是基于将保险看作仁的事业而不懈追求。筚路蓝缕，克难创业。公司而今成为中国大陆保险市场最具美誉和成就的新创新公司之一，成为诸多领域的领先者，将求更成为拥有相当市场地位的寿险公司，这不正是仁的力量吗？求仁者，得天下。

林国庆女士在追求仁的事业的同时，也获得了自己职业上的成功，在一个异域市场打下了一片江山。应该说，这并不是林女士所最看重的，她最看重的是责任和爱心，是对仁的追求。职业成功是仁的事业的副产品。希望看到这本书的保险从业者能有所感悟，也希望看到这本书的其他行业人士能兼收并蓄。求仁者，得仁，兼得天下。

是为序。

美国大都会人寿保险公司中国区总裁

中美大都会人寿保险有限公司董事、总经理　齐莱平

2006年4月10日

序四

精神的传承

多年前，一次偶然的机会，我接受了林国庆女士的专访，认识了这样一位杰出的保险人、电视人。欣闻林女士新书面世诚邀作序，我欣然应允。

从一个普通学生到拥有 4 000 多个客户、全世界华人中第一个成为 MDRT 中 TOT 终身会员的资深保险人，再到创办基金会、创立公益电视节目"林国庆时间"，为年轻一代搭起分享成功平台的制作人、主持人。一路走来，这位杰出的华裔女性带给我们更多的是对事业和人生的思考。她那浓郁的民族情结、强烈的社会责任感、忠诚的处世态度、坚持不懈的精神，都融入在这本书每一个亲历的故事之中。在探讨24 年来海外保险从业经验的同时，与他人共同分享着自己的人生感悟。

近几年来，国内保险行业处于转型的关键时期，新风险点、新问题不断涌现，诚信、服务意识滞后更趋明显。而人寿保险除了产品本身具有的保障和储蓄功能外，从更高层次看是一种爱心的体现,是一种新的生活方式。因此,对客户的优质服务和诚信尤显重要。林女士正是看到这点,集腋成裘,带来此书,希望将自己在保险业艰难创业的经历、服务客户的宝贵经验和教训、攀登事业高峰的方式和原则,以实例的方式,与每一位热爱保险的朋友分享,化解大众对保险业的误解,告诉我们服务的真谛。

我想,这本书的珍贵之处在于它不仅仅是保险从业者经验的分享,更是一种精神的传承。我相信只要有这份矢志不渝,坚持到底的精神,无论你从事哪个行业,所处哪个位置,都将终身受用。正如书名"在有限中追求无限",在有限的时间和空间里,用我们的心、我们的行动去感受和创造无限的可能。衷心祝愿大家都能顺利攀上成功之顶。

泰康人寿保险股份有限公司董事长兼 CEO

陈东升

2005 年 4 月于北京

序五

生命就是机会

　　由保险行销集团主办的在马来西亚南卡威举行的世界华人保险大会上,我认识了林国庆,当时她是受邀的讲师。能在国际大会上,尤其是在五千多名学员面前担任讲师,应是具有相当实力的人。果然在梁社长的介绍下,我更清楚她是一位了不起的寿险从业人员。在国内,要把人寿保险做好,已经是相当不容易了,更何况是在人寿保险市场已充分开发的美国。她表现优异,连年获奖,在百万美元圆桌会议奖中,连续17年获得其中的顶尖奖,她可以说是华人在美国人寿保险界中的骄傲。

　　国庆有很强烈的寿险人员的特质,她虽然已有很高的成就,但依然热忱、谦虚、时时关心别人。她的诚恳经常令人感动,所以她能拥有4 000多个客户,并且让所有客户都有很满意的服务。相信以她不懈的努力和始终如一的态度,客户的人数还会持续增加。国庆在个人成功之余,不忘记大陆、台湾、香港两岸三地的人寿保险业的发展,她热切无私地想把

24 年来个人在这项事业上奋斗的过程,成功的经验分享给大家。天下没有白吃的午餐,也没有平白由空而降的果实,与其羡慕人家的成功,不如去了解她成功背后的付出。警惕自己,激励自己。"有为者亦若是",生命就是机会,我相信只要大家能有国庆一样的理念,一样的努力,必能在"有限中追求无限"。我也很高兴能有机会为大家介绍国庆的这本书。

中国台湾保险公会理事长　林文英

2006 年 4 月

序六

超越有限

　　我们所有的人在生活和工作中都要被有限所制约，但是，"有限"在很大程度上使林国庆拓宽了视野，增强了理解他人和帮助他人的能力。在 Paulo Coetho 所著的《炼金术士》一书中，那个炼金术士说："不论他或她做什么，世界上的每个人都在历史进程中扮演着他自己未曾察觉的重要角色。"这句话在谈到林国庆的时候得到了印证。因为在她做的每件事中，我们都可以感受到那种将有限转化为无限的能力。

　　在美国，她的保险事业影响了超过 4 000 多的个人和企业。随着新书的出版，在美国以外的地方，也将会有许许多多的人受到她的影响。

　　作为从中国来美国的移民，林国庆从未让自身的语言和文化因素成为在美国学习和扩充知识的阻碍。作为留学生，她坚持不懈地努力学习，并在旧金山大学获得了硕士学位。

　　之后，她加入了纽约人寿保险公司。她的加入对于我和整个纽约人寿保险集团来说，都是一种幸运。不管是在美国的侨界、公司的代理人中间,还是她个人参与的社团中,没有任何因素能够阻碍她成为杰出的人。

她的视野是宽广的。作为公司高层代理的一员,她也是"百万圆桌会议"的终身会员。这个协会是由人寿保险从业者组成的最高财务组织。除此之外,她也做了一些历史性的贡献。1993 年,她成为美国纽约人寿保险公司的首席顾问团的主席。作为华人女性,这是非常荣耀的。但是,林国庆并未因为获得此项殊荣而止步不前。

即使获得了学业和事业的成功,她也并未沾沾自喜。相反,她珍惜每一个有限条件中的幸运。因此,她更愿意尽全力去帮助那些在美国社区和中国本土并不像她这么幸运的人们。事实上,她将这本书的版税收入全部捐献给红十字会,帮助他们在中国进行与艾滋病相关的工作。

林国庆的座右铭是:发挥个人的极限。她在每天的工作和生活中都身体力行地实践着这一准则。她证明了从事人寿保险这一行业除了能够带来无可计数的财富,也包括自己做老板的自由,更有机会可以帮助别人。林国庆真正做到了将有限转化为无限。读她的书,你会了解到一位专业的寿险从业人员是如何超越有限的生命,获得非凡的成就的。

美国纽约人寿保险公司执行副总裁

Eric B Campbell

第一章 勇往直前

天生我材必有用

人生在世,无论在地球的哪一个角落,无论属于哪一个种族,无论具有哪一种背景,无论已形成哪一种人格,只要在人性的范畴内,努力将自身的天赋、特点、才能、潜质、人格魅力发挥得淋漓尽致,并汇聚成人生的奋斗目标,为理想而矢志不渝,就会有所收获,就会到达成功的彼岸。

我从小生长在台湾,受中华民族传统文化的熏陶,有着很深的民族情结。后来移居美国,在那里生活了 30 多年。想想自己中华文化还没有通晓,英文也没有学精,感觉真有点不中不西。何况,现在的台湾同胞认为我是个外省人,还加入了美国籍;美国人则认为我是中国人;而大陆的朋友则把我当作台湾人。因此,我们有着同样经历的朋友常常嘲讽自己到处不是人。但是有一点倒是肯定的,年过半百,我型我塑,造就出一个具有鲜明特色的自我。不论科学如何发达,那也是无法复制的。

我做每件事情,都有自己独立的看法与原则,希望凡事都能够合乎这些原则。去见客户的时候,专业上要求我们做一个需求分析,换句话说,就是要了解对方的生活背景,了解他们的可能和需要,通过沟通与启发,再提供分析与建议。我的客户大多数是亚洲人。亚洲人的天性之一便是"逢人只说三分话",很少把自己实际的财务状况完完全全地表露清楚。正因为这样,我也将需求分析深化了。从观察准客户的衣食住行入手,了解、评估其品位和经济实力。特别注意那些暴发户,考察其是否真正具备了长期投保、良性循环的实力。我通常很谨慎,不轻易下结论,而做进一步地旁敲侧击,以提问来一步步地演进、证明。尽管如此,永远以尊重客户的选择与决定为第一前提。通常不主动提及他的经济问题,也避免了很多客户和朋友在谈到这些专业与私人问题时的尴尬。

客户、朋友们都认为我非常贴心,我常常在不同的年节给他们送去礼物,哪怕是一张小卡片,上面写着:"献给关心我及我所关心的朋友们,不论您在我的身边或是远在他方,您都永远在我心中,我以一颗赤诚的心祝福您"。同时,我认为主动跟朋友和客户保持联系也是一个重要的环节,而不是在见了一次面后就像断了线的风筝。每个人都可能在不同的时候有不同的注重点,所以对于那些还没有兴趣、时间、经费、需要的假想客户,我还是会每隔一段时间与他们联络,直到他们的心态已经准备好,已经有时间,已经有经费,已经有需要。我在不停地观察,不停地吸取自己与别人错误的教训,来突破困境,来获取这些客户的信赖,同时创造佳绩。

最值得一提的是,这些年来,我不只奠定了在保险业的基础,也赢得了不少友谊。那些都是无法用金钱换来的。

除了保险事业,我还从 1990 年开始制作名人专访的电视节目,自己担任制作人与主持人。应旧金山当地电视台邀请,由一个 5 分钟的节目,扩展到 15 分钟,最后到 30 分钟,每周一次。节目播出、发行也从当地发展到全世界 140 多个国家卫星转播。以我在保险业的做事经验和精神,一直力求以最好的品质呈现给观众。我自筹经费,自掏腰包,购置美国最新的摄录仪器,并聘请专业人员参与摄制,而我自己平均一个星期花 23—27 个小时,投入企划准备与主持的工作。这个节目成为知名的华人节目之一,我也由此接触了各行各业的精英和社会名流。很多人都以为我是专业的电视主持人,一旦知道我的主业是保险经纪,而做电视节目仅仅是我回馈社会的方式之一,都给我很多正面的评价与鼓励。我从未利用电视访问的机会来推销保险,而是借此赢得了更多的友谊。此刻,我情不自禁地怀念起已故的辜正甫先生,当年辜老从不接受任何媒体的专访,而我是由他夫人推荐的。辜先生对于改善海峡两岸的关系不遗余力,一直到他辞世。我也记得他一生钟爱京剧,最喜欢唱的曲目就是"空城计"。

因为做电视节目的关系,我有机会跑遍世界各地,观察不同国家不同民族的生活方式与价值观,也看尽了人间百态。而我又是一个基督徒,因此我深信,如果能够通过我的工作,通过每天跟人的接触,把内心的一些感受正面地在这个"地球村"传播,我觉得我这一生很值得了。

创立这个节目后，我成立了一个基金会，也叫"WHO'S WHO ON TV"。

无论身处何种境遇，无论具备何种条件，只要认知并发挥自己的特质，坚持不懈，努力奋斗，为社会，为他人提供积极的、正面的影响，人生就有光彩，此生值得。

白手起家勤补拙

每个人降生大千世界,都是两手空空。生活的积累,事业的发展,无不是从无到有,从小到大。就保险经纪的起步而言,并不需要大笔资金的投入,需要的是诚意、勤奋和努力,并发挥自身的能力,勇往直前,创造自己的事业王国。

也许是审时度势,另辟蹊径之功;也许是与生俱来的传教士精神的唤起,我选择了保险事业。入行,完全是懵懵懂懂,白手起家。一旦确立从业目标,就努力打拼,奠定基础,为成功铺路。

在美国,我的硕士学位修的是教育。捧着教育硕士文凭,并不意味着就一定能找到适合的工作。我试着去做代课老师,每天拜访不同的学校,甚至到黑人社区。有一天,为了室外教学,追赶一个黑人的孩子,形影相随,差点在车水马龙的街道上赔上自己的生命。回家反思,自己兴许不适合这个行业,一时难免苦恼。在旁观察的哥哥启发我说,你从小就擅长和别人打交道,喜欢在假期给别人送小卡片什么的,我看你做保险挺合适。亲人劝我不妨一试,手上接过哥哥拿来的一张名片,我就去了纽约人寿旧金山办公室。经理是位华裔女性,她开门见山:"你愿意做自己的老板吗?不需要本钱投资,但有可观的佣金。愿意有自己的工作时间吗?还有公司提供的免费旅行?"听起来好吸引人!我记得,当时经理现场测试我,可惜我没有通过。她问:"你想赚大钱吗?"我的回答是"不",那个时候我想要的只是一个可以糊口的工作。接下来的很多问题,我的回答都是"NO"。诸如"你自己买保险了吗?你相信保险吗?""属于哪个俱乐部?到了一个陌生的场合会主动和人家打招呼,交朋友吗?"等等。可是,这位女经理不知为何特别看好我,特地请示公司留我。值得一提的是,虽然后来我们在保险从业的路上各奔前程,但是当年她给我的这个机会,我永志不忘。她就是引我入门的张云薇女士。

当哥哥知道我要进入保险业的时候,又把他的邻居贾女士介绍给我,让我去问问是否还有其他的择业机会。这位贾女士是一家保险公司的副总裁。贾副总裁当场没有推荐我去她所在的公司,而认为纽约人寿在业界评价不错,鼓励我去那里锻炼一下。在保险界历练三年后,还可以去找她。贾女士认识纽约人寿这个地区的经理,劝我不要去那么远的旧金山了。她打电话给她的那位保险经理,推荐了我。我和那位经理在电话中聊了几句,之后就没什么音讯了。三年后,我已是 TOT(百万经纪)的会员。几年后,当我再见到这位贾副总裁的时候,她后悔当时没有重视我,没有录用我,在她的事业上做了错误的决定。

客观地讲,在背水一战的情形下,我只好到旧金山的纽约人寿去学习、上班了。那个时候,我刚刚离婚,寄居在哥哥家,他的别墅在山上,我又没有车,每天我都要去打听有哪一家哪一位在相近的时间,能捎带我去山下的火车站,这样,我好搭火车再去上班。回来也是一样,到了 HAYWARD,再找人家带我上山。我很感谢张云薇女士给我这个实习的机会,所以我告诉自己:我要珍惜这份工作。

刚去上班的时候,我们每个人都在公司的小阁间工作,那空间小的身边只够放部电话。公司还要放个很大的垃圾桶在我们旁边,不晓得有什么用。我记得我的左边是个金发女郎,右边是位蓝眼睛的帅哥。当年我很害羞,胆子又小,讲话的声音轻得几乎都听不见。金发女郎与蓝眼帅哥都把他们的垃圾桶放在我的小阁间,挤得我几乎难以放脚。每周一早上都会有个对新人的检讨会,一方面检讨上周的工作,另一方面讨论这周的计划。金发女郎总是说她有很多的男朋友,因此有做不完的业务。蓝眼帅哥也说他有很多的亲戚。而我却说不出什么。

公司要求我们每天至少打 10 个电话,访问两个客户。我没有男友,也没有很多亲戚,必须以勤补拙。而在入行的第一个月,我的业绩已经成为新人中的第一名,一直维持了三年,除了我母亲去世的那一个月之外。而当年的金发女郎和蓝眼帅哥在我入行半年不到,不知何故,先后中途离去,杳无音讯。

创业维艰,往往是没有捷径可寻的。但认清了目标,就要义无反顾地去打拼。不轻言放弃,不畏惧坎坷,不图一时之利,勤勉踏实,总有出头之日。

未雨绸缪细思量

　　每次行动之前，行销人员应把能够想到的和过去所经历过的、所欠缺的，一并考虑好，规划好，不打没准备的仗。在客户面前，除了事先要做好许多准备工作，体现专业能力，还要在人际交往的过程中，让客户感到对他的重视，拉近彼此的距离，融洽彼此的关系，为销售成功营造和谐的气氛。

　　在生活细节上，每次出远门的时候，我都会在箱子里放好了板蓝根。尤其到亚洲的时候，我每天都喝一包板蓝根。也会在箱子里备上旅行用的空气调节器，到任何空气不流畅的宾馆，马上可以派上用场。

　　每次去见客户的时候，我都会要求助手预先打印每个客户及其家人的相关资料，诸如他们的语言习惯、爱好、生日等等。并将不同的产品介绍，不同数码的报表都放在档案夹里。哪怕是多余的，我宁愿做过多的准备而不是到了急需的时候找不到。所有可能需要的表格都打印、装订在一起，会在需要签名的地方先表明清楚，这样应用起来就会非常的顺手。除此之外，我也会在自备车的车厢里备妥各种需要的表格，所以我的车厢就像小小的办公室。

手提电脑也长期放在车上，以备需要。我知道自己操作不娴熟，在那么多的电脑专家面前不想献丑。我也不想在流畅的销售过程中，突然改变形式，让一个意外出来打扰我们。值得一提的是，所有的资料与文件，我都事先一一审核，确定无误，才交与客户。很多时候拜访客户，家中可能有饲养的宠物在你身边转来转去。这时，我会要求客户将小动物另外安置，便于谈话。我也宁愿在他们的孩子睡觉后去拜访，虽然晚些，可是我不想让销售的对话受到干扰。知道客户家里有小孩，也每每发挥助手的作用。我的助手蒋见宜就是陪孩子玩的高手，出去应酬时还会帮我挡酒，更可以高歌一曲助兴，遮掩我很多不便。

我们的工作包罗万象。记得有一次，我们需要到硅谷的大同公司对员工作保险产品的介绍，大同公司的品牌是我从小在台湾就熟悉和使用的。我和蒋见宜想起小时候的一首广告歌——"大同大同，品质好……"我们到处询问那个时代的朋友，两个人总算把广告歌词拼凑出来，还每天抽时间练习大同公司的司歌。去大同公司的那一天，我跟可爱的蒋见宜就在老总和员工面前唱司歌，接着开始当天的产品介绍。后来我们做成了大同公司的业务，一直维持到今日，回想起来极有可能是因为那天歌唱得好。

每一次出去销售，可能临场都有不同的状况发生，所以事先须做万全的准备。将所有的资料与文件确定无误后，才交与客户,最忌讳丢三落四。若是一副粗心大意、手忙脚乱的模样,让客户看在眼里,肯定会对我们的专业水准大打折扣。这些专业上的细心不是与生俱来而是靠后天培养的,熟能生巧。专业也不是挂在口头上的,而是要身体力行,让我们的客户自己来判断,为我们评分。千万不要让客户觉得我们草率,不重视他们,否则当机会来临的时候,可能会平白地失去一个销售成功的机会。

投其所好乘势为

干哪一行，都应抓住那个行业的重点，销售就是要抓住客户的需要和喜好。保险行业，不知是否因为利益驱动，有时很多同行不停地强行推销储蓄或投资保险，而忽视了客户基本的保险需要。若客户对保险的需求已认同，应该量身订做。若他们坚持要购买保障型保险，我们这些从事保险工作的同仁，应该攻心为上，投其所好，建立一个良好的互动关系，他日必能一帆风顺。

人们常说，从穿着可以看出品位，从住家的装饰可以看出主人的个性。冯先生在台湾是出名的室内设计专家，我到上海后才有机会去了他的青浦别墅。那是一栋三层楼的现代式洋房。来到大门左边的喷水池，一些精挑细选的奇石与水中的锦鲤立刻吸引了访客的目光。走进大门，左边的大厅采用的都是乳白色，从墙到地铺设的全是大理石。让我非常惊讶的是居然有人用那么大块整面的大理石作为墙壁，但看起来是如此的高雅。窗台与窗帘的设计，还有天花板多色光的设计与同色配套的大理石灯,映照出主人的匠心独运。二楼还特别设置了一间日本式的房间,客人可以坐在榻榻米上轻松交谈。三楼是套房,还放有弹子台。冯先生到旧金山的时候也曾经来过我家,非常赏识。记得台湾的连战先生也听说我家里的设计简单,但有特色,还特别请朋友来参观。我跟冯先生讨论他房子设计的特色,他马上送给我四个字"投其所好"。因为设计这个房子,他完全是考虑到他心爱的太太与其周围的亲友的一些看法,所以将他多年来的经验都在这室内设计里面展现出来。他也提到这些年来为不少达官贵人做装潢设计,有些客人较为崇洋,他便建议沙发的设计跟墙边都可以加上金色的雕塑,让人感觉好像欧洲有名的建筑风格。若是客户家里要求设置神台,他又可以提出在哪一个方位帮他们设计一个神台,让整个房子的风水良好。正中客户的心怀,所以他才可以在业界一直傲立。

方正年,也是由上海到美国,赤手空拳打天下的。刚到美国时,他的小舅子想与他一起合伙开餐馆,但两人意见不合,不了了之。他在旧金山中国城开设了一家南京小餐馆,地方虽小,却为旅游重点,包括大型旅游 BUS 经过他餐馆的时候都作特别的介绍,而且经常有长长的礼车由机场直奔餐馆门口。好莱坞的大导演、大制片、影星都常光顾他的餐馆。据方正年说,以他从事餐饮业的经验及对烹调的兴趣,最大的特点就是当他看到客户就可以判断他喜欢吃什么菜。有些人喜欢菜中带辣,有些人喜欢味浓,有些人喜欢清淡,还有些人喜欢带点甜味。方正年每每都可以抓住客户的口味,投其所好。每次除了介绍客户喜欢的菜式之外,也会推荐一些新的口味。所以,客人络绎不绝。我们起初以为他的餐馆卖得都是这些不中不西骗老外的玩意儿,后来我才发现,他有一些菜肴,顾客吃了会想再吃,不吃的时候还会想着它。真的难以想象,那个新鲜干贝,他把它炸得外边很脆,里面松软,而且他调制了特别的酱料。我一边写文章一边已经想到这个菜。方正年因为本身业务的成功,不停地购买产业,我也随着他的太太唐宽娣回到他们生长的上海作投资。当年餐馆创业初期,听说方太太累到随地而睡,甚至流产。在他们移民初期,每次为餐馆打工的所有收入都全数交与母亲,而在方太太成功之后,不但为父母聘请 24 小时的专人护工,同时对于姐弟、外甥儿女都慷慨解囊。方正年伉俪的辛酸奋斗史就跟很多华人在美的生活故事一样。很多华人到达美国都从零开始,所幸的是方家夫妇终于闯出一片天地。他们两位是我从事保险的第一位客户,随着他们事业的兴旺,我也看到了他们的成功,看到了他们的努力有所回报。

精诚所至金石开

与客户之间相互信守，将心比心，经得起时间的考验，那是弥足珍贵的，是事业稳固上升的基础。这种信任也需要日常好好地维护，才会历久不衰，推陈出新。

张济民先生原是旅日华侨，十多岁就从中国宁波到了日本。后来在日本生根，日本百分之七十的西药都是由他的公司进口的，可见他非常成功。后来，他又带着他的日本妻子与孩子们举家移民到美国。当时，美国还存在种族歧视，据说他还必须假借他人的名义才可以购置高级住宅。当年，他的西湖开发公司买下了湾区有名的商场。在众多华裔的眼中，他是殷实的商人。也有传说他吝啬得一毛不拔，不愿意支持一些慈善机构。记得他亲口对我说，光是华人在小小的湾区就有3 000多个不谋利的机构，每天都有人上门请求财力支持，难免一些机构没有顾及。最让我钦佩的是，他到美国已年过半百，英文不通。他把税法的书拿来研读，来来回回地查找字典，在把税法弄通的同时，他的英文也学得差不多了。

当年，我就知道他很成功，但苦于没有机会认识他。听说他非常早就上班，所以准备在大清早他上班的时候递上我的名片。第一次我七点半就到他的停车场，他的车子已经停在那里了。我提前到七点十五、七点，最后是六点半，天还没亮透的时候才有机会见到他。后来，我才知道，他每天清晨三点半就起床跑步。他成为我的客户之后，也答应接受我的电视采访，我曾经摄录他晨跑的过程。虽然他家产丰厚，但是为人非常节俭，我亲眼看到他交代身旁的助手，把那件衬衫上的旧衣领去重新换一个。还有一次是一只补得不能再补的皮鞋，叫人拿去换鞋底。我真的难以想象，在这个时代，尤其是以他这样的身价还会做这样的事。他平日做事非常小心，几个孩子也在公司里担任重要的职务。我记得他在蒙古开设超级市场，就问他："你是不是由美国派人到那里去管理？"他说不需要，因为他告诉当地人和超市的职工，他们可以彼此举报，所有的举报都有奖金。

他买保险，是我第一次处理一个大型复杂的寿险。对我来说，那至今仍是一宗很大的业务。我不只为他推荐律师，陪他们夫妇检查身体，还要……记得过程非常曲折。原本他告诉我，他的大儿子已将他的信托处理好，他希望我回去把那份信托研读，并翻译给他听。我回来，一切照实翻译，后来才知道儿子以为父亲不懂英文，瞒天过海，信托里面的财产分配并非父亲的意愿，所以张先生要我另外安排律师重新处理。整个业务进行不只曲折，而且压力很大。家中四个儿女,每个人都有同学好友在处理保险业务,更不用说有多少寿险经纪在等着他们的生意。我必须参加每一次家庭聚会,包括与张先生那个恼羞成怒指责我的大儿子打交道。最后,张先生坚持,寿险由我全部代理。

这些年来,我与张氏夫妇一直保持着密切联系。张老先生也曾经来我家享用宁波小菜,这是他的日本夫人平日并不烹煮的。他本身也拥有一个电视台,我也与他的工作人员维持着良好关系。近几年来,他已慢慢淡出家族业务。多年来,很多的保险经纪都关注他的生意,儿女接手家庭事业后也想转换他的保险,都未成功。

我尊张先生为长辈,说不上是忘年之交,因为我们的对话永远都非常简单。我相信他心中非常明白我对他事业成功的佩服,我更尊敬他做事的态度与原则,还有守信。我也自认为他肯定我工作的认真与执著,因为我可以将那份信托文件以不同的方式表达,以取得他孩子的信任。我非常感激张先生把整个家庭保险业务的机会给了当年的我,而且一直坚守。所以,一个人的成功,往往由于精诚所至。

术有专攻领风骚

　　每个人都有自己的强项和弱点，重要的是如何扬长避短，发挥优势。若能如此，相信在行销领域里可以无往不利。

　　首先，要清醒地认识自我，施展所长。譬如说，泰康人寿的骞宏在学生时代就是班长、学生会主席，从小说话容易引起反响，非常有号召力。这种能力的培养和积累，促使他一直以讲课胜任，在销售行业立足。印度籍的 Karen 与 Bob 是夫妻档，Bob 是会计师，他可以凭借自己在会计方面的专业知识来帮助 Karen 发展。LiLa 与 Les 这对夫妻各有所长，LiLa 擅长销售健康险，而 Les 在公司行政人员保险、退休金等方面得心应手，两人互补互助，配合默契。Kho 这个菲律宾移民家庭又是另一个例子，大姐 Janny 率先踏入保险行业，接着把弟妹一个个领进，最后连侄儿也受其影响选择此路。从越南移民到美国的王氏三兄弟也在业界非常出名，除了他们三兄弟为经理人员，其他亲戚入行的有十多位，每一位都选择适合的角色，而将个人的才华以不同的方式展现出来。

也因为每一位的背景、个性不同,不但选择不同的行销方式,也可以锁定不同的销售市场。譬如,Evelyn 与 Jullian 都曾是会计师,所以他们从事财产规则领域就比别人有很多的便利。Jullian 萧原来是律师,对于遗产计划可谓如鱼得水,所以她从入行就从事大型保单的业务。Kho Familly 来自菲律宾,他们就锁定菲律宾华侨与菲律宾裔为工作对象。海尔纽约人寿的钱雪松原为空中机组人员,她非常了解航空公司与机场工作人员的生活。如果把市场扩大到那里,相信她会有不俗的表现。Steven 与 Wilson 在纽约方面特别锁定福州人的市场。他们两位特别了解福州人的需要,知道大多数移民到美国的福州人一般英语能力不是很强,常需要跑移民局,Steven 就特别为他们服务。一次有个福州人的产妇临盆,半夜的时候打电话到 Steven 的家里,Steven 在电话中做客户医生的翻译,希望她张口呼吸,推动胎儿,才让产妇顺利生产。

有些经纪人是以产品来锁定市场的。譬如 Alice 原为护士,所以她专攻长期护理。William Wang 在旧金山区成为个人健康保险的专家。Ken 关对于老人退休市场特别有兴趣,所以对退休市场花了很多的工夫,专卖退休产品。

国庆本人自认对群体销售没有太大的兴趣,而喜欢一对一的方式。经过多年实践,对于高资产额、财产分配比较有心得,所以销售的产品也针对这个市场的客户,以寿险、退休金为主。

每个保险从业人员应先认清自己,对自己感兴趣的领域、特别有心得的方面深耕细作，把自身的优势好好地展现出来，将自己在那个特定领域的潜能与魅力尽情发挥，相信每一位都会闯出一片光明的天地来。

以诚相待心相印

　　刘锦璋总裁从事食品业非常成功，也懂得《易经》，更会研究面相。第一次见面，他认为我是一个值得信任、能保守秘密的有钱人，不会去贪图他们的钱财，所以他愿意把刘氏家族天天集团的保险业务都交给我。其实，做成他们的生意并不容易，就像每一笔生意都不会是轻而易举的。

　　虽然是同一个家族，但是每个成员的需求都不一样。对于家族事业的保险，大家都巨细明察。但是做到他们私人业务时，就绝口不提他们妯娌亲戚之间的事情，尤其是各家的财务状况，所以要取得每一个人的信任是非常不容易的。再加上他们家的老二住在香港，我如果要处理他的业务，则必须配合他的时间，才能在美国和香港之间通话。而老四又常常在美国和中国之间来往，他很多的业务都要由他的太太Lily来处理。面对美国的法律，我们只能和保单拥有人来讨论有关保单的问题，所以在处理保单上要让当事人觉得专业也不轻松。他们唯有相信我，才会将自己的隐私告诉我。我不但要求自己，也这样要求我从事寿险的员工，要求他们不要把公司的事情带回家，不要把这些事情当作是茶余饭后聊天的资料。这些是对从事保险业务人员的基本要求。

就拿刘锦璋先生本人来说，多年来我不断地提醒他除了基本的保险外，也应该设立遗嘱、信托等等。刘先生自己本人拥有农场，也曾遇到经济拮据的情况，我建议他们借用保单里的现金值来渡过难关，而且每一次的贷款都帮他们算准时间。拿出来的时候要快，还回去的时候也要快。拿出来快是为了让他们应急，还回去快是为了让他们少付贷款利息。

他们也和大多数客户一样，总是忙，总是没空。关于信托的事，不知他思虑多久，才会答应和我去见律师，虽然这些和我的业务并无直接关系，我也不曾从律师处拿到什么好处，但是我认为这对他事关重大，应该尽力安排去做。我去他家接他的太太，去他的公司接他还有他的好朋友，满满的一车人，然后到律师那里，就像对其他客户那样，我会记录他们的谈话，以便他们日后有疑惑可以直接问我。一次次和律师的谈话，之后又隔了几年，总算把他们的信托办好了。刘先生怀着感恩的心说，要不是你，我们不可能完成这些很重要的文件。

刘先生的好兄弟陈国南夫妇也是我的客户，也是多年推说没有空去处理他们的遗嘱和信托。在一个圣诞节的前一天，陈先生拖着疲惫的身体在自己新盖的房子里洗"三温暖"，当他的夫人 Anita 发现的时候，他已经处于脑死亡状态，回天乏术。而在三天之前，陈先生曾对我说他们准备在年初去游船,而这次他们已经打算要好好处理这些遗嘱和信托事务,问我是否能在游船之前办好。我说像往常一样,随时待命。他又说要等到圣诞节过了再说,可是他再也等不到了。幸好他的夫人还在,仍可以处理这些事,可是在税法上还是吃了很大的亏。这些事情给了刘氏家族很大的借鉴。虽然陈是侨领,有上千的人去送他,可是没有一个人能真正在财力上帮到他们一家。

我有很多遗憾,好多事觉得力不从心,我明明知道他们需要做什么,我明明知道他们应该做什么,但是那个"做"还是取决于他们自己付诸行动。经过这些事情,我常提醒自己不要不好意思向熟识的亲友提起保险与遗嘱、信托这类事情,最多他们拒绝我;但是如果他们接受了,命运便会有很大的不同。

有一天,我和雪松在上海"新天地"吃饭,雪松说餐厅的老板娘是她的同学,她们很投缘。我问雪松是否征询过她与保险相关的事。雪松回答,同学经常忙于生意,出国在外,好不容易回来,不好意思打搅她。我也有很多次的不好意思,也就是因为不好意思,不知失去了多少机会,也就意味着我所关心的人可能永远都失去了保险的机会。

惜福惜缘水长流

做保险的人都有一个宗旨，只要能帮到人，无论大小都会觉得很有意义，而且珍惜与每一个客户的缘分，服务好，建立互信。长此以往，自然会产生连锁效应，你耕耘的园地也会绿水长流，果实丰盈。

旧金山福恩园是一家远近驰名的四川餐馆。正宗的四川菜口味独到，并不像有些美国中餐馆不中不西。我喜欢福恩园的开洋干丝、核桃虾、水煮鱼，还有凉拌鸭肫、白切肉等等，经常光顾。店里的伙计见到我就像老朋友一样，顺口都可以说出我喜欢的菜肴。我这个人没什么架子，跟餐馆的伙计也好，朋友的司机也好，都能打成一片。同样，我也觉得餐馆除了菜肴好，员工的训练也不错，达到宾至如归的感觉。

我要谈的不是他们的餐馆，而是我如何将这家餐馆发展成为我的客户。一次，我和老板娘涵英聊天，她知道我在保险业多年，口碑很好，一直觉得我只是办理大型保险业务的，对他们的小保险项目没有兴趣。同时，她告诉我以前为他们办理保险的那位业务员失去了音讯。我对她说,真正做保险的人都有一个宗旨,只要能帮到人,无论大小都会觉得很有意义。我建议她把自己的保险单拿来给我看看。等我再去餐馆的时候,她就把全家的保单拿来给我研究了。她们的保险都是短期性质的,换句话说,过了一定的期限就完全丧失保障了。况且,目前他们生意兴隆。因此,有意请我帮他们设计一份可以具有终身保障性质的保险。老板娘涵英的先生是做研发精油生意的,往返于美国和中国国内。等她先生回到美国,我就帮他们做了一个保险申请。

保险正在申请当中,谁料节外生枝。有一天,我正在一个中医诊所就医,身上扎着针,不方便说话。我的手机响了,涵英打电话来说有一个 M 保险公司的经纪人来到餐馆,她把我交给她的保险资料给他看,他看了说不是终身保险,所以想请我解释。我说半小时后答复她。等我再打电话给她,涵英告诉我,M 保险公司的经纪人已经以她的名义打电话到我的公司,取消了他们的申请单;同时要求把预交的保费退回。我在最短的时间内赶到餐馆了解情况。涵英说因为我所留的材料并没有注明是一个终身性的保单,于是 M 保险公司的经纪人就打电话取消了保险申请,同时以一个投保人的身份投诉我。我心里有说不出的滋味。还不到半小时的时间,只因为我的身上插着针,不方便说话,竟然就发生这么大的改变。我耐着性子和她解释:第一,因为我希望她对各种类型的保险有个全面的了解,所以将不同类型的保险资料全部留给她;第二,那个保险经纪人冒充你的身份做任何事情都是不合法的;第三,保险公司也不会接受你在电话上的诉求而不是通过签名文件。涵英无言以对,我也把这个情况向公司作了汇报。好在公司对我信任有加,事情并未受到影响。当保单出来后,我拿到涵英面前一页页逐字逐句地解释,直到她满意为止。自此之后,涵英一家似乎对我有了进一步的信任,不管是收到了什么英文文件,当我在她的餐馆用餐的时候,她都会拿来让我帮她看看。

有一次,她突然打电话给我,推荐她一位很好的客人,叫李楠,在北京做房地产生意,很成功。我兼程赶到福恩园,李楠一家早已用完晚餐正在等我。涵英特意给我们开了一间小房间用来谈话。李楠一家原有的保险经纪人也转换门庭了,全家成了保险的孤儿。经过一番交流,我也自然而然地成了他们的保险代理。李楠住在北京、太太孩子在加州生活。有时汇款来不及,我也得常年如此在电话上提醒,催账,上门收款,以免他们的保险失效。

李楠也信任我,把他的房地产经纪人 Linda 卫介绍给我。终于,我们约在 RITZ CARTON 一个海边的别墅型宾馆用餐。Linda非常的豪爽,做起事情来也很利落。但那次的见面我们并没有马上开始合作。一年后的一天我才想起来和Linda 联系,于是见面,聊起来非常投机,觉得我们的理念非常接近,都是为顾客着想。Linda 觉得不应该把所有的钱都压在房地产里面。她认为对于保险了解得越多,就能帮到越多的客人。她直言,就像其他的房地产商人一样,她对保险了解不多,所以无法提供更多的服务,希望我能够不吝啬地提供正确的资讯，让她能够为顾客提供全面性投资更好的建议、设想与计划。

目前，Linda 不只是我的客户，而且她也饶有兴趣地和我再合作下去，让我们的客户之间互通有无。她也很欣赏我研究了她私人的保险与投资资料后，并不像有些做保险的人，一味取消别人的东西，而我只是建议她该如何的分配与调整。所以我相信如果我们自己知识广博，也愿意不吝啬地为同行提供资讯，那整个局面势必会有新的气象，对大家都有益。

守口如瓶重操守

从事保险行销,会有很多机会知道别人的隐私,像我们的行业不但可以知道各公司经营的状况,个人的资产、种类与数目,婚姻状况,还有健康的细节。我始终认为,保险从业人员应该遵守职业道德,紧守客户的隐私。这几乎是我们这个行业的第二生命。

有个朋友孟太太,因为彼此工作繁忙,疏于联络,多年未见,有天心血来潮,约着一起吃个便餐。孟太太主动提到要购买保险,我考量他们夫妇事业刚起步,便为他们设计的是以保障为主、储蓄为辅的保单,夫妇二人欣然接受,很快缔约成功。之后我才得知,其实他们的邻居也从事保险行销工作,而且每个星期都在催促他们投保。这位保险经纪也非常的热情,唯一的缺点是经常在孟太太的面前数落、编排其他保户的不是,甚至取笑别人的窘境。孟太太深知保险的重要性,但对于她这种到处渲染,甚至会在别人的面前提到哪位保户购买了多少保险、保户收入多少等,传播别人隐私的大嘴巴行为唯恐避之不及,哪里敢跟她购买保险呢。而这位保险经纪却自认为这样能博得准客户的重视。

这个事例给我们警示,从事行销的言行举止、职业道德、人格操守,准客户都一一看在眼里。他们都有敏锐的感觉,很快就可以分辨出其中的良莠,懂得谁是可以信赖的。所以,从事行销并不是口若悬河就能博得好感,更要有份好心肠和职业美德,设身处地地为客户着想。不然,就算你有多少的才华和能耐,都不能得到别人的敬重。

深耕细作传口碑

　　保险是一种造福于社会、造福于人的特殊产品。行销人员凭着专业水平、诚信、执著，在个人、家庭、家族和社会各阶层推广这种无形产品，不断深入，不断拓展。良好的口碑是金字招牌，有助于你在保险园地中深耕细作，开花结果，生生不息。

　　在特殊的年代，李兆祥由大陆游泳到香港，一无所有，后来由香港移民到美国，在银行打工。看到别人总是到银行贷款，了解到可以去银行贷款买房地产，他暗下决心也要这么做。后来他如愿以偿。我不敢说旧金山的中国城他有一半，但至少也有三分之一了。不止是他自己的努力，他的夫人Grace 也很能干，能为他打点一切，人缘又好，当朋友有什么机会，都一定会想到他们。朋友们私下封李兆祥是旧金山"中国城的市长"，无论大小难事，他都热心帮忙。如果有人说中国城有老鼠，他就会大声疾呼大家出来做扫街的服务，并呼吁华人要给外来游客树立好的形象。他又向市政府申请,在中国城设立夏季游园会,让中国城更为生气勃勃。

李兆祥是报纸杂志上的新闻人物。李氏夫妇还办了一家中文学校,校长就是 Grace。Grace 把她的兄弟 Kent 与两个妹妹阿兰、阿梅都招来帮忙。他们先后成为了我的客户。当公司有特殊宣传的讲座,因设有中餐,我就请 Grace 来捧场,Grace 也毫不含糊,不止捧场,还帮我介绍客户。从她以前的员工到现在的员工,从他们的地产客户到美容院的老板娘、修补鞋子的老板,她都一一介绍给我。还好,我的服务还令人满意,不然影响的不只是一个人而是一串人了。

游先生一家投保也是这么个来源。原本,他的太太 Linda 是由 Laura 介绍的,而 Laura 原来只是一个保险孤儿,也就是所谓的没有人服务的客户。Laura 满意我的服务,就为我介绍了 Linda 与另外一位医生。Laura 不止自己加入,也发动了他大伯小叔。Linda 的先生 David 在"9.11"的时候因飞机停飞,困在纽约一周,每天给我打电话,相信今时今日他已成为保险通了。他们的亲戚并不住在加州,我也从未见过。与 Cicilia、Kenneth 的交流沟通都是在电话上进行。Taron 更是远在香港,所以完全依靠信任和口碑获得青睐。他们愿意把这个机会给我,我也不敢懈怠,每天清晨五六点要与美国东部通话,晚上回到家还要与亚洲地区的客户联络。

这类例子不胜枚举。因为连锁反应,很多的客户都是相关联的,有些甚至家里还出了做保险的人。就像丁明达吧,我跟她吃午餐,提到我们的三合一保险计划,也就是养老金、护理保险、寿险整合为一的计划。丁明达很有兴趣,想要马上申请,但我们想到她的亲家公是同一个公司做寿险的,建议她回去再找几个朋友,聚到一块由我解释,算是我与她亲家公一起合作。我很感谢大部分客户,通情达理,也都对我们的服务方式比较满意,所以才热心为我们做宣传,介绍客户。

据 Edith 说,当年她父母为她申请保险的时候,她才刚入大学,现在已经是两个孩子的妈妈了。看着那两个十几岁正在成长中的大男孩儿,也感觉到我不只是从第一代服务到第二代,甚至到了第三代。就像我在帮黄福机长老夫妇设计他们孙儿的教育计划时,他们很赞赏我的说法,"现在经常为孙儿买玩具,也许当他长大了以后就不记得了。可是有一份好的保险计划将一生一世都伴随着他,不管祖父母还在不在身边,他们都会认为那是一个最好的礼物。"

随着保险销售工作的深入,客户由点到线,由线成面。对于一个家庭、一个家族,乃至全社会,保险代代相传,保险事业何尝不是一项百年树人的伟大工程呢!

第二章　排除万难

花开花谢总关情

　　光阴荏苒，岁月如梭。十几年中，在巨额保险理赔的保障下，莫家的九个孩子业已长大成人。老大老二成家立业，孩子绕膝，年龄最小的也上了大学。寡居的母亲感到欣慰，莫先生也应含笑九泉。想来，自己为他人所想，救他人所急的那份坚持和执著，也在莫家这条船的安稳航程中，得到回报。

　　从见面难到临终嘱托，结识莫先生可真是费心费力。朋友梁先生介绍了莫先生。莫先生是九个孩子的父亲，家中的顶梁柱。他的农场种植了20亩菊花，花田距离我的办公室有近两个小时的车程，塞车的话，跑一趟还挺费周折。头几回，我是按图索骥也找不到莫家，只好请梁先生带路。总算找上了门，主人不在，又白跑了一回。司机老马打趣，这个客户，你是求不到了。日后，哪怕是电话里约好了，也会跑去吃"闭门羹"。可我不灰心。

　　苍天不负苦心人，都忘了是哪天，可能是个黄道吉日，我

"撞"上了莫先生。听我一番介绍，高大的莫先生没有多问，只是扯着嗓门说："你先去找老刘谈谈，他和你成交了，我就同意做你的生意。"看来，这桩"生意"好事多磨。好在柳暗花明又一村，刘先生虽是一个考验，可在我的努力下，居然也成了一个忠实客户。我了解到，莫先生提到的老刘叫刘锦璋，事业有成。他研究《易经》，而且精通相面。听说，刘先生与我碰面后，对我的面相赞赏有加，将刘氏家族的所有保险都交给我办理。后来莫先生跟着刘先生也有所行动。除了感谢父母给我一个让人接受的面相外，我心中明白，和善的、真诚的态度，还有透着对人间世事的关切和对专业的精通、执著，那才是真正的"福相"。

没有让莫先生失望，也没有放弃对莫家的信心。万事开头难，莫先生的这桩保险业务疙疙瘩瘩，让人有点窝心。他选择的是一个季度交一次保费，每次总是过了期限催缴才缴费。我希望他的保单不要因为未缴费而终止，总是热情地赶去看望他，美其名曰喝杯咖啡，快成了他家的常客。就这样，拖了三年。三年后，我担心的事还是发生了。莫先生生意转淡，现金周转不灵，家中九个孩子嗷嗷待哺，家庭重担压垮了保单，保单停了。莫家的遭遇让我牵挂，尤其是那九个未成年的孩子的影子，在我脑海中挥之不去。我思前想后，决定再访莫家，要跟莫先生好好聊聊人生的保障和家庭的责任。

那天，莫先生家满屋子都是孩子在嬉闹，我连站的地方都没有。我对莫先生苦口婆心："虽然你和很多生意人一样，眼前日子过得还算富裕，但也要考虑到庞大的农场还欠着高额贷款,生意有起有落,不如持有一份保障性的保险,花费不多,但可以给你全家留有一份保障。"长久的交往也使莫先生了解到我的为人,他爽快地答应了,毕竟是个性情中人:"好了好了,就算我帮你,买一份好了!"我约了莫先生夫妇在旧金山当时最有名的中餐馆"香满楼"一起吃饭,同时请司徒医生为他体检。那是一个周六,我和司徒医生在酒楼焦急地等着莫先生夫妇。时针走了好几圈,他们始终没有出现。我很纳闷,第二天赶过去看他。莫先生说:"林小姐,你只接了我一份保障性保单,付你的司机工资和汽油费都嫌不够,你怎么会那么破费请我们上那么好的馆子吃饭,还在周末约了医生为我检查身体?"对莫先生的疑虑,我没有多作解释,只是再约了时间,事实就是明证嘛!

　　我把司徒医生请进了莫家。那天,我突然发现嗓门大力气大的莫先生居然怕抽血,还要我和他太太在一旁按着他,安慰他。可见一个人外在大大咧咧,内心世界却是很脆弱的。记得当时为莫先生申请的是一份保额为50万美元的保险合同,但从他的家庭现实、身体状况、财务状况出发,我请示公司与之匹配最高保额。公司通过了一份保额为300万美元的保单。我认为,莫先生很有必要追加保额,我会尽力说服他。我拿着保单找莫先生沟通。我推心置腹地告诉他:"我知道你目前现金拮据,但这并不意味着你不需要这份保障。为九个孩子想想,他们的养育费和学费等等,还有你的银行贷款……手里握着一份300万美元的保障性保险,没有后顾之忧,今后还可以考虑把它转化为投资储蓄性的保险,届时不需要任何检查,岂不两全其美?"毕竟是个生意人,莫先生接受了这个建议。当然,他还是那个脾气:"林小姐,我是为了你的业绩,帮你一把!"我做事心安理得,不会去计较一言一辞。算是与莫家的第二次交道,故伎重演,我每三个月不请自到地要去莫家喝杯咖啡——收保费嘛!

1993 年,我第一次有机会随团来中国,在各省市电视台的节目中接受现场访问。我在加州的办公室突然接到刘锦璋先生的通知,莫先生不幸患血癌,生命垂危。我赶紧中断了行程,飞回加州,马不停蹄地冲进了莫先生的病房。往日魁梧、大嗓门的莫先生竟一下子变得如此委顿、干枯,似懂非懂的孩子们都围在他的病床边。我不禁心里发酸。灯枯油尽的莫先生似乎使出了他浑身的力气,想紧紧抓住我的手,可是感觉上是那么的松软。他用微弱的声音对我说:"林小姐,这次,我们全家都要靠你了!"一有空,我总会去医院探望莫先生。一个非常燥热的下午,我接到刘先生的电话通知,莫先生去世了! 我知道自己的职责,我也知道莫家此时此刻等着我的消息,现在是他们最需要我的时候,义不容辞,时不我待。在短短两三个星期内,我就拿到了 300 万美元的理赔。这在当时可不是个小数目。

正当我约定莫太太去送理赔金支票时,刘先生提醒我莫氏家族有事情要咨询我。大家约在硅谷的一个大酒店的咖啡厅,五六十人坐在那里,似乎冲我摆开了阵势。我不慌不忙地递上了 300 万美元的支票。随即,他们中的代表出示了一份保单。哦,就是莫先生第一次买了又止付、早已失效的保单。好在我准备充分,随身带着莫先生投保的档案,当着那么多人的面解释清楚,令他们心服口服。

久违了,莫家的花田!花开花谢,世事沧桑。想来,若不是当年自己对业务的坚持,把莫家挂在心头;若不是不懈地鼓励莫先生拥有一份保障;若不是熟悉公司的产品与适当运用,建议更合适的保额,失去了舵手的莫家这条船不知会飘零何处?今日又将会如何?我尽了自己的本分,在蓬蓬勃勃、花香四溢的情境中舒展着坦然、欣慰的笑容。

无微不至暖人心

　　保险行销人员往往都以为找客户非常困难,比较重视这个工作环节,投入大量的精力,而容易忽视其他工作细节。实际上,申请的过程也是非常重要的,就好像一个餐馆设计精美的菜单广告来吸引食客,但是如果你无法将你的东西色香味俱全地呈现在客户面前,让客户满意,那也是前功尽弃。

　　应该说,保险的整个过程都要让客户感觉到非常的温馨、舒适、放心。每次当有客人愿意开始申请的时候,我就亲自着手来处理申请过程,如果他们不愿意自己填写表格,我会以轻松的问答形式来帮他们填写,但不错过任何一个该知道的项目,也小心核对生日、证件号码、受益人姓名拼写等。同时约好检查身体的时间并告知他们最好不要服用中药以免对验血验尿造成影响;也不要做剧烈的运动,因为剧烈的运动会将身体里的毒素沉淀从而影响检查的结果。最好是准备好自己的医保卡、身份证等必需的物件以及提供家庭医生地址电话、常用的药物等。如果是申请大保额的客户,需要到医院去检查的,我会尽量安排去接送,并且陪伴着他们,详细告诉他们每一个过程,让他们能够安心。我还要客户尽量能够安排早上的时间去检查,因为检查需要空腹。我会请助理准备好可口的热点,在他们验血后食用。很多客户都希望能拿到他们的检查报告,我也预先准备好这些申请表格,以便随时用到。

在申请当中,我们总是通知客户所有申请的细节,从申请表递出,检查报告送交,家庭医生病历调查,或许要约谈财务状况等,每个步骤都预先让客户了解并且告诉他们申请的进行状况。很多时候,我需要跟批文的部门来讨论,希望能够为客户争取到好的评估。很多同事都不能够了解,认为如果收费越高我所赚的佣金就越多,为什么花费这么多的精力向那些单位去争取低价保费?而我20多年来始终如一地坚持把为客户争取更大的利益作为我的目标,而不是一味地考虑赚取佣金。不只是我自己,我所训练的旗下的员工也是如此,否则也不可能在我的单位生存下去。

保单申请到手,我们也是很小心地做核对工作,确定保单上的姓名、受益人、证件号码、生日及相关资料准确无误。除了保单本身,所有的预估报表都会准备好,同时准备新的申请表格和改变保单拥有人、受益人及地址的表格,以及提用钱和还回钱的表格等等。还要准备好我个人的回邮信封来方便客户提出需要的服务项目。我会交代客户,当他有任何需要的时候,要及时和我联系以便正确、及时地为他们服务。

　　当然,所有的服务项目我不可能事无巨细亲自为每个人处理。比如客户要改变银行账户,挪用钱,改地址,改变拥有人、受益人等等,都由我的助理处理。但每一天我一定了解有哪些进出的文件、电话和需求,而不希望有任何一件事情有所错失。当然,在面对这部分客户售后服务需求的时候,我的工作量相当大,经常忙过深夜,那也是我的职责所在。

　　到目前为止,我就像很多医生一样对客户有所选择。我所选择的并非是大客户,而是那些和我有着同样价值观的客户。这样,存有一颗感激的心,让我无论工作时间长短,都会觉得非常愉快和有意义。我相信我也像很多从事这个行业的人一样,因为选对了行业,找准了目标而永远都不会退休。

取长补短化劣势

人无完人，也不可能样样精通。要在社会上立足、发展，就必须以人之长补己之短，扬长避短，转劣为优，时刻准备着，为客户提供满意的服务。

很多人以为，我有这样的业绩，一定具备异于常人的才华。我淡然笑之，不以为然。我常常认为父母并没给我特别的基因，也没有特别的天赋。比如，遇到任何有关机器的问题，我几乎束手无策。办公室里电脑系统的运用，我完全依靠助理。多少次，我明明知道自己要做什么，但是操作起来却显得笨手笨脚，就连发 E-mail，我打字的速度都不及平常人快。好在我这个人是透明的，没有什么秘密，也没有什么不可示人的东西。我特地从台湾购买多普达最新款式，又怕办公室这些 ABC 半桶水的中文不够溜，特地以高薪聘请我好朋友的女儿 Alice，从加拿大回来帮我安装个人用的最新电脑，教我如何操作多普达。她乘坐的飞机还没起飞，我就已经忘记了好多的项目。每每想起这些，都不敢在各方面对员工有太高的要求,总觉得人都有不完美的地方。

开车就更不消说了。我现在总算会开车了,但也只限于开启、停车、倒车、开 CD 或者用 GPS 导向,都是些最简单的操作。除了我的奔驰车,去年为了想要体会一下新事物,买了一辆欧洲最新宝马款式中的 MINICOOPER 给自己玩,只因为电话的扬声器经常调不准确,我就避免去开MINICOOPER。我尽量追求生活简单化而不复杂,当人们来到我的家中,看到我的布置,说从房屋的装饰可以看出人的个性。我想我就是喜欢那种清雅简单的品味。

不只是机器类,平常很多方面我都很缺乏。当年到美国,英文还不够熟练,就被生活推着走。这些年经常需要演讲,愈来愈觉得不够用,所以就聘请私人英文教师,把大学里的英文系主任 Michel Smith 请来教我。命运弄人,可笑的是后来Michel Smith不但成为我的员工,我还改他的文章。我觉得有的时候并不是文法的问题,而是应该怎么样去正确地表达一件事。现在很多人说我的英文演讲好过中文很多。我每个星期都要上英文课,还上跳舞课,学国标舞。我从小就很想学舞蹈,能跳舞,可是我父亲管得严,不赞成我们去参加舞会。我总想长大了可以了却这个心愿,可是到了美国为了生活忙碌几十年,没有机会去发展自己的爱好。想到过去每次参加宴会,台上的演讲结束,舞会开始了,我不是站起来溜走,就是要躲到厕所,或是找人聊天,只因自己不会跳舞,希望能免去尴尬。我也无法到外面去练习跳舞,因为我是一个公众人物,只好把老师请到家里来。同样的,我也把唱歌的老师请到家里来，不是练习什么美声唱法，只是为了模仿卡拉 OK 的歌。对别人也许只是生活的小品，而对于我，每件事情似乎都要付出很大的代价。

　　当年，教导我们保险入行的老师，要求我们一天至少约见两个客户。我知道这对我是绝对不够的，我起码每天要面对 10 个人以上，才会有机会累积一些业绩。我每天一大早出去，回到家中都是晚上 10 点以后的事了。白天的时候，累得常常都吃不下饭；晚上工作完后，饱餐一顿，才能舒服地睡个好觉。正因为这样，才造成今天如此丰满的体型。我想，我在保险业一天，恐怕就很难达到减肥的目的。我知道自己不是一个天生的销售人才，不像各行各业的销售精英，只要他们一开口，客户马上会产生购买的欲望。而我都不具备，只好用其他的方式来弥补。遇到有意向的客户，就保持联络，等待良机。当他们的环境有所改变，当他们的心态已经调整，当他们有一颗愿意接受我的心，那就是我在他们的生命和生活中扮演重要角色的时候。我每天都在等待和期望那重要一刻的到来，我才能表达我所知保险的重要性，才能展现我能为他们所做的服务。只要每天都有盼望，这个日子就会过得很有意义。

雪中送炭伸援手

身为专业的保险守护天使，我们所处理的每项大小事务，不见得都是本身的业务。一旦人们有需要有难处，那才是守护天使发挥职权的时候，也是大家真正需要我们伸援手的时候。

孙先生被介绍到我这里来的时候，已经身患癌症。以往他们夫妻俩经常在家吵架斗嘴，家无宁日。现在他们周边的朋友都希望我能够对这个家庭有所作为，亡羊补牢。于是，我拜访了他，看看有什么我可以为他做的。首先，我研究了他的保单内容，知道有个新的保险福利项目，很多保险经纪都不了解，甚至不知道它的存在，那就是一个身前赔偿。换句话说，孙志凯在他有生之年因为患了不治之症，可以把保单里面最高达25万美元的现金先拿出来用。这对孙志凯来说是何等重要！

我看到他的太太L，一方面要照料他，一方面又要照顾他小店的生意，忙得不可开交。对孙先生来说，他实在不知道自己来日还有多久,当然希望有生之年,他的太太可以多陪陪他。而L却迫于生活的压力,觉得一定要有收入才无后顾之忧。所以当孙志凯在病榻前领到那一份25万美元的身前赔偿时,无神的眼睛里顿时闪烁着泪花。

虽然孙先生不是我的客户,但我有机会的时候,也常去看望他。他表示,自己一生热爱工作,是硅谷一家公司的主要成员,对公司的产品大有贡献,拥有多种高科技产品的专利权,所以公司提供他很多的股票。但是经济不景气,公司股票就如废纸般并不能为他提供什么保障。没有想到所买的保险倒是在他最需要的时候成了及时雨,真是无心插柳柳成荫。他也表达了对我的感激,能够在最危难的时候伸出援手,不然他没有办法享用真正的福利。孙先生也频频交代L和儿女一定要参加保险。

在孙先生还没有离开这个世界的时候,L为他举行了一个别开生面的生日会。所有到场的亲友与同事,都知道他来日无多。每一位都述说着曾经与他经历过的点点滴滴,听来格外感人。通常我们都是参加每个人身后的追悼会,如果能够有这样的一个胸襟,在生前大家都能够面对面说出一些感言,彼此就都没有遗憾了。我想那也是为什么在美国,有些夫妇甚至在离婚的时候也开一个派对,把亲友们都请来,自然是有它的道理的。

孙先生离开我们已多年,他去世后,L很快领到赔偿金,同时也设立信托,购买了她自己的保险。她的大女儿G做信托的管理人,每年负责处理信托里面应有的义务。老二、老三也相继成人，完成学业。相信孙志凯的在天之灵是会得到安慰的。

从小到大，我都不喜欢提到"死"方面的事情，甚至连想也不愿想，但所从事的行业似乎经常要求我在思想上、实际的生活中，都得与这方面的人和事打交道。Tommy Liang 是一个硅谷上市公司的高级主管，他在周五的晚上刚刚从亚洲出差回到家中，周六一大早跟她的太太 Esther 说，好久没有运动，他要去打网球。没想到这成了他与太太的诀别。事先他因为没有做任何暖身准备，直接进行激烈的网球运动，心脏负荷不了，就在网球场上结束了生命。虽然，Tommy 生前我们没有帮他做任何的事情，但我知道他妻子一定很悲伤，就主动联络，去拜访她，安慰她，看看有什么事需要帮忙。因为有很多丧家不知道如何办理保险理赔。Esther 从此成为我的客户，我也鼓励她设立好一个信托。这些年来，我跟Esther保持良好关系，她孩子选学校，选工作，甚至选择居住的区域，或者是房地产的选择，她都与我交流，我也尽力而为。

另一位姓刘的工程师，因被怀疑盗取公司机密而被查问。他对这种压力与带给家人的羞辱不能释怀，跑到一个小旅社，结束了自己的生命。我在报纸上读到这则新闻，想到他的太太一定受了不少惊吓，所以到处查问他的地址，主动找上门去，安慰她节哀顺变，同时告诉她斯人已去，重要的是怎样来安排自己与孩子的未来。我也注意到刘太太是一个非常有个性的人，在各种事情上求善求美。她当时准备举家迁往美国东部，我还特别推荐了一位适合的保险经纪，为她提供服务。这些年过去了，虽然我不是她的保险经纪，但我们一直都保持良好的联系。她也频频与亲友提起我在雪中送炭的美事。

人生有很多的无奈、很多的意外。前面提到的几个例子，都不是我本身的客户，但我很明白我自己从事这个行业的价值。就算他们不是我的客户，我仍然可以成为他们家庭的守护天使，在他们最需要的时候，我应该挺身而出。

急人所急挂心头

对保险行销人员而言,把客户放在心上,重视服务质量,应该贯穿售前售后整个过程。通俗地说,客户投保后的一生,你必须做到服务不断不减,时时牵挂,有求必应。要处处为客户着想,让他们的权益发挥最大限度的功能,也要让他们规范地履行义务。整个过程小心翼翼,一丝不苟。

我曾在芝加哥开过点心店,Andy很努力,从清洁工慢慢做到主厨。后来,我们相继迁到加州,他开始经营自己的西点店,生意不错。他希望我能够投资他的西点店,但律师认为我本身并不参与业务,万一有麻烦,打起官司来会影响其他业务与产业,所以我就把大部分的现金转送给他。厚道的Andy一向信赖我,他们的保险业务由开店之初就由我全权处理。家中大小事情,Andy都向我讨教,包括孩子选哪所大学和哪份工作。他们相信我的话,即所参加的寿险并不只是到身后才生效,可以根据身前在保单中的累积,向保险公司贷款使用。他们听说有商铺出售,就把保单里的钱拿出来付了首期款,购买了两家商铺。短短三年间,加州地产业一度兴盛,两家商铺的价值双倍增长。他们努力经营,不久前还清了贷款,又以同样的方式购买其他的产业。如此运作保单10多年,如今这一家由越南来美的难民也成了小富翁。

为客户着想,我经常提出建议,不但让他们了解自己的权益,也明白应当承担的义务。让 Andy 明白借款出去越长,所付的贷款利息就越多。也要明白所贷款的额度有多少,而不是盲目地估计,以致在投资的时候产生错误的判断。我也一直让办公室的助理在第一时间,不管是贷款出去还是还款进来,都以最快的速度处理,争取给每位客户最大的权益和最少的支出。我总是形容我们的办公室每天就像医院的急诊室。每时每刻,每一位客户,每一个要求,我们都要当作急诊来处理。

圣地亚哥《家华时报》的丁锦泉,不只是我多年的客户,我也多年在他们的报纸上为越南华侨写专栏。在他们那一带的华人,相当多的人都认识我。丁锦泉夫妇与保险业人员接触很多,因为经常会有不同的保险经纪上门去争取生意。据他们说,10 年内,他们一家七口向四家保险公司买下了 13 份保单。他语重心长地指出,四家保险公司的四位业务人员在销售前的热情不相上下,但这些年下来,唯一与他保持来往的只剩我一人,其他三人不是转行转业,就是早已消失得无影无踪了。这也肯定了我的做法,以服务代替行销。丁锦泉有一日急匆匆地打电话给我,他收到保险公司的通知单,要在原来的保费上增加几倍费用,他不明就里。我让他电传过来研究，发现该项保障性的保险到达一定年限保费自然调整，但他可以转换成储蓄性的保险，既作为储蓄而且又有保障。丁锦泉的新闻事业非常忙碌，无暇处理报社以外的一些琐碎事情。他说，很多的来往邮件都没有时间阅读，错过很多保险公司的通知。这次，我们及时解决了他的问题，也让我时时提醒自己，不少保险经纪在得到佣金后，都转行转业，遗留下很多保险孤儿。而我必须牢记每一位客户托付我的责任，时时牵挂，不能有任何怠慢之心。

不离不弃峰路转

保险行销工作就像逆水行舟，不进则退。机会稍纵即逝，有时看起来希望黯淡了，但是千万不能轻易放弃，只要积极争取，着眼长远，机遇会再次降临。

有一次，我外出走访客户的时候，办公室接到一位女士的匿名电话，只说想要买保险。如此反复了几次，总算有一天，我跟这位荣太太说上话，并立即向她问明地址与电话。她说："我找了你好一阵子，你都不在。不过没关系，要为我服务的人很多，我已经向别家保险公司买保险了。"说完立即挂了电话。我为此难过不已，写信向荣太太道歉，并祝福她申请保险顺利，他日若有需要询问有关保险资料，请再与我手机联络。此后，我在手机和办公室电话之间开通呼叫转移业务，让客户能在第一时间找到我。

过了不久，荣太太又来电了。这一次，口气缓和不少。我借机跟她聊上几句。荣太太表示，她已在 P 公司申请保险，但是代理的经纪人不够专业，想看看我如何处理。经过几次通话与拜访，我终于取得了荣太太的信任，也办成了她的保险。时至今日，荣太太已通过我申请了四份保单，不只她本人，她的两个单身兄弟也是我的重要客户。

荣太太保单的拥有人是独子 L，L 是旧金山的一位年轻律师，在他的求学时代我们就相识了。香港的冼先生要为担任会计师的女儿介绍对象，我想到年轻有为的荣太太的独子 L，于是安排他们见面。当时，我们全部人马包括荣太太、L 的两个舅舅、L、冼家五口再加上我，10 个人在一年半聚餐了九次，老实木讷的 L 从不做任何表示。我们都得排出时间，一起在旁边做电灯泡。最后我实在受不了，就直接向 L 提出，你到底对对方有没有意思？他说没有什么不好，但是不愿采取主动。我提示冼家小姐如果愿意交往就主动些。当晚，我看到冼小姐为 L 夹菜。从此，我们另外八个人也就不要跟着一起去约会了。现今，小两口已喜获灵儿，双方家长都乐不可支。

很多的事情，在当时似乎看不出什么眉目，但不要轻言放弃，有时真会峰回路转。很多人以为，在保险界，我是"天王巨星"，可是我每次做的还是那些基本的动作要领，不停地约访，不停地解释，不停地签单，不停地收保费，不停地服务客户。每一件事都得按部就班，有时也常常遭遇挫折，或者会有客户埋怨，并不因为我是一个成功的保险经纪就可以得到豁免权。行销工作完全没有捷径，更不可能一步登天。每年的业绩结算以后，一样从头开始。

柳暗花明又一村

很多客户,我都要很有耐心地等待他们多年,时间的长短有时候都记不清了。Munsun 就是一个例子。多年前,经Donna介绍,我有幸认识了他的太太,帮他的太太和三个孩子申请保险,那个时候他们最小的孩子刚出生。Munsun 从事建筑业的,旧金山有不少大楼都由他承建。他非常忙碌,很少在家里。我只记得他很严肃地问了些保险的问题,就交给他太太去办。我曾向他表示,我需要和他静静地坐下来谈谈他的保险,他说有空再说。这一等就是 10 年,我从未放弃过,没有中断联络。逢年过节,我会买些小礼物或是送张小卡片让他们不要忘记我。但我总算等到了那一天,Munsun突然愿意办保险了,他太太完全不知道先生的事情。Munsun自己想要处理事情的时候,风风火火,恨不得我昨天就帮他做好。幸亏我们这些专业人员平日就练好了一身的功夫,根本不可能临时抱佛脚。所以当他需要的时候,我能及时地提供服务。当然这也包括我的助手愿意加班工作的热情,她们常常为了客户的需要做得很晚,甚至周末也加班。

Munsun 接受了我所推荐的律师之一,也和他面谈。他十几个产业个个都需要处理,包括有些是和别人合作的,所以有相当多的决定需要做。比如哪些产业可以合在一起,而又不能全部放在一个公司,因为要分散风险;但是分太多公司花费又大,所以需要作出很多的决策。他也不是第一次买保险,对市场上的产品都了解一些,所以我们不仅要知道自己的产品,也要知道其他参与竞争的产品有什么特色。Munsun 一家的财产分配总算告一段落,因为他患有肝炎,所以不能拿到保险最好的价码。他也跟很多的客人一样,希望跟我讨价还价,但是我把事实呈现给他,最后赢得他对我专业的赞许。保险业务完成后,我没有因为他买了保险就淡忘他,还是会常常联络他,问他还有什么事情能为他服务。这也是为什么我可以赢得客户在报上登广告谢我"售前售后服务一致"的缘故。

李廷贵夫妇是 Tammy 介绍来的朋友,我也没有马上做成他们的生意。我知道他们夫妇在台湾经营旅行社非常成功,后来退休住在我家的附近,以前在业务还没结束的时候,他们还常常台湾、美国两边走。李先生要接待日本客人,常常出入酒家,但是常常从酒吧打电话报告行踪。我不能想象那是什么样的情景,但是我对他们的印象很深刻。李太太是个高贵的夫人,我想我可以这样来描述她:穿着高雅,首饰也很名贵。李先生也是有品位的男士,从几条领带就能看出特色。他们卖掉原有的别墅,因为李先生有心脏病,搬到一个非常高级方便的公寓式楼房居住。也不知道是哪一次，我们就像多年的老朋友一样在一起吃饭聊天，我向他们提到现在有一种保险是三合一保险，将养老金、长期护理保险和人寿保险合为一体。一笔钱存进去有利息，利息缓税，随时可以提用，万一需要用到护理保险，可以提出来用，没有用完的部分又成为寿险留给下一代。他们也像好多客人一样，想要询问已经成年的儿女的意见。他们的女儿是律师，希望能把材料给她女儿看看再作决定。就像往常一样，我毫无保留地把全套资料送到他们家中。几个月后，他们表示非常有兴趣，同时又说："我们一队都是长者，我可以把他们都约出来，你可以在我们每周聚餐的时候来解释。"这个时候，他们自己还没购买，可有着这样的一颗心，我很感动。我准备好了资料到餐馆去，可是我一进去，我就知道机会不大。因为我不会说闽南语。虽然我是在台湾长大的，但是由于当时推行国语，在学校会因为说闽南语而被罚，因此造成我今天对闽南语能听不能说，不晓得让我错失了多少生意。我从来没和李氏夫妇提起这件事情，他们倒是从善如流，从此成为我的好客户，也将全家的寿险都交予我办理。

Y夫妇目前已拥有23家麦当劳，还有增长的趋势。Y夫人当年是保险业的先进人物，我入保险时她转行，我接收了她的电脑，我还记得当年只能分期付款给她，款项还没付清，新的电脑款式已经出来了。Y夫人若不转行，恐怕没有今天事业上的成就。他们夫妇俩从第一间在黑人区的麦当劳做起，做得非常出色，让总部对他们非常信任。现在只要他们提出申请，几乎都能拿到代理权。他们的三个女儿，其中一个已经经营了三家，其他的也考虑进入这个行业。Y夫妇还买下一个山庄，进行各式各样的政治与社会活动，他们热心出钱出力。我第一次有机会和他们坐下来谈谈保险计划，他们拥有14家麦当劳，那是五年前的事，但是下一次再约，中间只过了五年而业务差不多可以说是翻倍了。我知道他们事业看起来似乎非常成功，更知道他们现金的缺乏，我心里比他们还要急。急的不止是完成他们这笔业务，对我来说如果完成了，对于我只是一笔生意，但是对他们来说可能是他们全部事业财产与一生心血的安排。对一个事业这么有成就的人，我真的希望有什么特别的方法能够鼓励他们马上采取行动，为他们多年来的心血有一个真正好的安排和保障。柳暗花明又一村，我相信类似这样的事业成功的人，经过一定时间的交流，都会成为我的客户。

总有一天等到你

　　在保险行销的过程中，我与很多客户的缘分不是一见钟情型的。客户总有自己的原因，需要时间去考量。如果认定目标，就要不离不弃，有耐心有理性地去关心他，等待他。相信，总有一天会等到他。

　　蒋云仲是在弯区非常有名的中医，也是太极拳大师，对书法国画都有独到的研究。很多好莱坞大明星的不孕症都在他的妙手回春中得到治愈。每次到他的诊所，都能看到很多的洋学生在那里练习太极拳。多年来，他总是拍着胸脯跟我说："我从来不需要看医生，更不可能去住医院，也不需要人家来照顾我。"口才不好的我，往往搭不上话来，一次次只好带着苦笑离去。但是我的礼数也不少，每一个月，我的办公室都要送出去四五百份的生日卡，其中就有给蒋大师的。今年蒋大师给我来电，洪亮的声音传来："林国庆，你来我这一趟吧。"我抱着怀疑，带着惊喜，驱车前往。老人家正儿八经地对我说："我有四个儿女，却没有一个像你一样每年都记得我的生日。这里有一幅我的字画,是特别送给你的。"我望着他,不知道说什么好。这次我还不错,我还记得跟他说:"蒋大师,我实在觉得遗产计划是蛮重要的,你可不可以把你的夫人跟你的儿女约出来,我们好好地谈谈。"看来这10年我没有白等。

Peter Pan主动找我买保险的时候,再三交代,你千万不要告诉我太太我买保险,你也绝对不要打电话到我家,有什么事情就打电话到我的商场来。我也谨守约定,从不越轨。就像很多其他的客户一样,这个不可以打到公司,那个不可以打到家里;哪一个是手机不可以联络,只有紧急的时候才可以,我们都特别地在档案与电脑资料上注明。几年过去,Peter从公司里退休,邀请我到他家中,我还是不忘当年的约定,正襟危坐在他家的客厅里。那头坐着的是他靓丽的太太,手中叼着烟。跟我说:"Peter买保险也是为了我好,他还怕我不答应。"我才慢慢地觉得轻松点。我也接着说:"是为了你好啊,所以你也要为了他而买一份寿险给他啊。"但她毫无反应和动静。那次过后,我与Peter跟他的太太LiLi都保持良好的互动,有机会就去探访他们。但他的太太LiLi数年来都毫无动静。今年我接到LiLi的来电,年长她10岁的Peter已离我们而去。我办理了他们的理赔,将大额支票迅速地交到LiLi的手中。LiLi还在那儿问:"这50万美金全部一次都给我了?真的不要报税啊?那我如果申请一份保险给我的儿女,他们以后也是一次拿钱吗?也是这样不要缴税吗?"眼见为实,好像我不需要再为保险解释什么了。

Mary 的先生 L 可就不一样了，他是个完全不相信保险的人。我不了解他真正的身价，但是我知道他捐了 2 000 万美元成立了一个儿童疾病的基金会。L 与 Mary 的异国婚姻也非常的特别，L 的第一任妻子，非常喜欢 Mary。因为 Mary 当年开了一个小店，她常去光顾。后来她患病，在病榻前托付 Mary 说，他们没有孩子，而 L 对人非常好，相信 L 也会好好地照顾 Mary 及她的儿女。也就像他前妻所说，L 对 Mary 及她的儿女很好，儿子是斯坦福大学的名医，女儿在当地开了相当大的诊所，旗下有 50 多个牙医。L 对我永远是客气、礼貌、周到，但是绝口不提保险。2005 年 8 月，我在超级市场见到 Mary。她跟我伤心地谈起 L 前一个月已去世了。那几天我回到家中，Mary 总是出现在我的脑海里。我决定跟她约时间碰面，Mary 爽快地答应了这个约会，并且直截了当地跟我谈她的财务状况与需求，我也正好将多年的知识与经验都派上了用场。我不禁叹息：这个等待真是够长，代价也是够大的了。一定要等到 L 离世而去，我们才有机会谈保险。

所以奉劝各位，不要退缩，因为保险的需要总是在那儿，只是不知道什么时候等到而已。

醉翁之意不在酒

　　有一天，我接到一个电话，打的是我的手机。通常，知道我手机号的人一定是我的亲友或比较熟悉的客户。这位自称赵伯母，想为儿子买一份寿险，为孙子买一份教育基金。每讲一句话，她就问我："你的生日是什么时候？你现在是一个人吗？有没有男朋友？有没有小孩？"通常，我们都很喜欢和客户聊天，大家可以增进了解。但是我觉得她的问题很特别，我就问她是怎么知道我手机号码的，我能为她做些什么？过了几天，她又以另外一个人的姓名打来了电话，因为她的声音很特别，所以我辨了出来。如此几次，我就对她直言："伯母，您有什么事情请和我直说，不买保险没有关系。"她说："你很聪明，我是从电视上看到你的。我有一个儿子是医生，我的儿媳去年去世了。我很想为他再找一个合适的对象。我儿子很忙，后花园都没有时间整理，大批的信件账单也没有人处理。"我说那你需要找的是一个花匠或是秘书，她又挂了电话。

几周后,电话又来了,她说儿子需要买保险,今天来拜访我,请我帮他设计一份医生的保险。我觉得没有理由拒绝和他们的见面,就约在快餐店。第一次见到这个赵医生,而他说以前见过我,但我没有任何印象。赵伯母请我点一份饮料或点心,赵医生说:"妈,让我来。"他叫了一份饮料分在三个杯子里,这样我们三个人都可以喝。那天,我有国外来的客人等着我,他们又迟到,交流一直不达重点,所以就没有时间细谈。我对赵医生说,其实他离我的家或是办公室都有距离,如果他真的需要保险,我可以帮他介绍他家附近的保险经纪来办理。这件事就此不了了之。

每隔一段时间,我总会接到这位赵伯母打来的电话,她倒是问了我很多关于保险的细节问题,包括老年人的保险,保险与税务的问题,保单拥有人的问题,保单受益人的问题等等。那么深入的问题,我若不是一个相当有经验的保险经纪恐怕还答不完整呢。日子一天天过去,赵伯母又打来了电话,说她找了一位女孩子为她申请保险,但是几个月了,都申请不下来,知道我很有经验,请我帮忙。我有点啼笑皆非,看来赵伯母是在以保险的名义选儿媳。赵伯母说:"我知道你是一个大好人,你能否帮我,我申请不到保险。"

从专业道德来讲,我实在不想拒绝。我帮她安排了体检。那是在周末,就将她和女儿安排在我的家,请护士上门检查。我也跟她的女儿——一位电脑专家表示,如果只是想找媳妇而不是办保险,可以明讲。但是你如果是要投保,问了那么多的问题,一开始就该找我办理,免得出现了问题还

醉翁之意不在酒

要我来收拾残局，那更麻烦。女儿德美表示，她的母亲是单身，一直都非常能干，她和弟弟从来都顺从母亲的意思，尊重她，希望她开心。他们觉得保险是要买的，因为赵医生去世的太太是做保险的，如果这次能找个做保险的来续弦那就更满意了。

不消说，做成她这份保险不是那么容易，因为我要去和公司解释原来的那一份有很多的疏漏，以前的那个代理没有提供全部资料，所以公司没有批准下来。经过几个月的交涉，并研究了她的家庭医生报告，她的保险倒真的通过了，而且是以老年人最好的价格成交的。公司认为我手中的客人都是很不错的客人，而且正好有相当多的保单要在一起呈送，希望这个也能成为一个很好的客人。我通知赵伯母和德美，由她们自己来决定保险的数额和种类，我总是让所有的客人自己选择与决定，而不是强行推销。但是我建议德美，赵伯母已 76 岁了，不妨考虑一种连本带利都返回的保险，虽然你付的保费绝对不会少，可是不管是 10 年或是 15 年，你交的保费再加上保险费用会全部返回，这样你只是将你的钱换个地方存放而已。德美自己也拥有产业，而她本人也是保险的拥有人，于是她决定这么办。保单打印出来以后拿给赵伯母看，她却觉得不妥。因为她不了解这个险种，身边的人也没有买过。她认为我推荐的这个可能对她没有多大好处，所以她就希望要传统型的而不是保费退回的保单。我说："你参加这种保费退回的，对我而言只是多赚了 240 美元的佣金，你也知道，这并不会让我发财。而你交的保费一年多几百元,可是以后连所有保费全数退回,并且没有税。"当时,她也认为很有道理,同意了。可是回家三天后,故伎重演。她还是希望做普通的保单,而且在保险拥有人和受益人一项加上她的老二,那位赵医生。我能够做到的都照她的意思做,因为我们的标准是顾客至上。

我想,赵伯母的两个孩子很为难也很难堪。同时我也在学习什么叫孝顺。是凡事都顺着父母的意思,还是跟他们讲明什么才是应当做的事。这让我想起赵伯母常用的绝招:"我求求你,我是一个老人,你就帮帮我,这是最后一次麻烦你。"那天,我实在忍不住了,就说:"赵伯母,我每天都在帮助老人,对您也不例外。我做的也许不是您想象的那样,但我必须按照专业要求来做。我不能不告诉您我所知道的,当然决定权在您自己手中。"

苍天不负苦心人

　　各行各业都存在不择手段恶性竞争的现象，那是引鸩止渴，最终自断生路。为了在业界健康持续地发展，我坚决反对退佣金的做法，也不以非法手段来竞争，并且身体力行。

　　很多的准保户受市场影响，常常会有不同的需求。Clement十几岁的时候，我就认识他了。他与我的一位好友、客户太子行花旗参老板杨应瑞，合伙开了一个大蒜产品公司，以产销大蒜丸、大蒜粉而闻名全美。杨应瑞与Clement需要一个互保的保险来保障公司。杨应瑞跟我同属于一个华裔基督教企业家协会。我们也同时在内地天津创办了一个太子园，专门收养伤残孤儿。以杨应瑞所参与的公益事业来看，包括他自己领养了一位中国女孩，他是爱心有加，令人感动。我也感谢杨应瑞提醒我，让我们这群在事业上有一定成就的人参与一个协会，就是把我们前半生在事业上的成就与经验，奉献在后半生从事的有意义的事情上。当然，我的电视节目在杨应瑞推展这个理念之前早已开始。此次愿意写这本书,也不能不说是受他的影响。今天我所要讲的是,杨应瑞很爽快地愿意把保险交我处理,可是,我对认识更久的Clement却毫无办法。他居然还给我写信说,他认为我是他的好朋友,但是他发现可以找到比我代理的更便宜的保险和更好的交易。不用说,他没有选择我所推荐的保险与服务。当然,我依旧保持和他的一切联络。逢年过节,一定送去小礼品、小卡片,也决不错过他的生日,还定时送上最新的保险咨询。十年过去了,在他收到我服务保险20年感言时,主动来了电话,希望跟我见面。我出现在他的大型办公室前,Clement劈头就说:"我认为你是一位真正的保险家,一个持有原则、服务不变的专业人士。我认为不只是在保险业,我们所有从事行销的人员都应该跟你学习。"在对话中,我才了解到,当年他选择了一个同学所代理的保险,自认为便宜,而且那人表示对他私下也有好处。可是他那位同窗好友,早已转行转业,他也"沦落"为一个保险孤儿。他所申请的保险是美国3 000多个保险公司中的一个,可是我干了这么多年,居然没听说过那家公司。事后,只好帮他打听,同时咨询保险的状况,而无法提供进一步的服务。而Clement也再三表示这么多年过去了,无论如何这次一定要让我为他服务。

袁先生本人是我的保户,袁太太却坚持要向另一家公司买保险。因为那个保险经纪愿意退佣金给袁太太,当然袁先生也向我提出同样的要求。我坚持原则,向他们说明后婉拒。初期,袁氏夫妇觉得向我买保险不划算。但保险成交后,我每年都会拜访他们,向他们报告保单的状况、现金律法的情况，重新审视他们的保单需求。经过了四个寒暑，袁氏夫妇终于体会到向专业与非专业的保险经纪购买保险，所受到的待遇真是有天壤之别。袁太太的代理人，不但没有提供任何服务，相反还不知去向；反观袁先生的保单，时刻有专业人士细心服务。之后，袁太太有意取消自己的那份保单，转而向我购买。而我基于职业道德与专业理念，认为已缴费四年的保单取消甚为可惜，而愿意免费为袁太太提供服务。这一来更赢得袁氏夫妇的敬重。

每一天的行销，也是每一天的挑战。行销方式和手段会因地制宜，因人而异，但专业精神和原则从不改变。如果我们坚持正确的原则，还具有强烈的事业心，锲而不舍，努力工作，相信苍天一定不负苦心人。

处变不惊当自强

　　当保户要求转换保单或取消保单时,保险行销人员在情绪上常常会产生厌烦与不快。其实,这种时刻,更需要冷静地思考,客观地分析,处变不惊,以保户的利益为重,主动为保户分析利弊,以免误判,导致其利益上的损失。

　　刚刚出道的郭小姐和大多数从事保险行销的人员一样,每天马不停蹄地寻找准客户,风雨无阻地探访。在一次偶然的机会,她认识了由台湾移民到美国,开设家具店的陈氏夫妇。他们开了几家分店,事业很成功。郭小姐工作勤力,终于做成了家具店老板全家的生意。店东也非常信赖郭小姐的专业与热诚,所以把保险大计交给她来规划。一年多后,其他保险顾问介入,店东打电话通知郭小姐:"如果你也有这种新的保险款式,我们希望转换成新的保单,仍然由你来服务。但是如果你没有,我们就会向其他的业务员购买,而停止你这边的业务。"在无可奈何的情况下,郭小姐不假思索地将陈氏家族的保单转换,而完全没有去分析这两种保险的差异。就如当婚姻有第三者介入时，其实一方应当竭尽所能来挽救婚姻的危机。

保单转换了一段日子后，郭小姐有一天冲进我的办公室来求救，说她收到家具店老板打来的电话，气急败坏地责骂她："为什么当初你没有讲明新品种保单没有旧的好！你是保险专家，我们是外行，我们哪里懂得那么多"……等我帮忙郭小姐去拜访这个店东，他们仍然愤愤不平，还声言要登报控诉。经过我的周旋，一场风暴总算平静，但也无法避免家具店老板一家在保险利益上的损失。我想起，我们凡事要理性、冷静，好好沟通，哪怕暂时失去业务，仍要以保户的利益为重。也许有很多人认为错不在郭小姐，但我认为，无论发生什么状况，身为一个专业的保险经纪，仍要稳住阵脚，处变不惊，据理力争。

就如我认识的两个同学，同样嫁入豪门，但因处事的方式不同，结果竟然截然不同。一个是嫁给她大学时代的初恋情人，但婚后先生有外遇，她又不肯给予任何挽回的机会，终于自己带着稚龄的孩子离开，为了生计不得不为五斗米折腰，苦了孩子也苦了自己。她向我们这些昔日同窗好友表示，先生有外遇时，若可以和先生坦诚沟通，请求先生顾念夫妻之情，或有回转的余地，就算在最差的情况下，只要他不是拂袖而去，还是应想法保护自己。至少使以后的生活不至匮乏，孩子也可以在丰裕的环境下成长。而现在就连生活的尊严也找不回了。

另一个同学安安就不一样了，首先她掌握了经济大权。

当先生有外遇时,她没有因一时冲动,贸然离婚,而是动之以情,晓之以理。经过耐心的等待,她的先生又回到了她的身边。

尽管社会环境诡谲多变,市场竞争激烈,保险品种不断翻新,若我们时时紧守岗位,同时用心纯正,胸襟开阔,大门永远为保户而开,便会等到那些客户迷途知返。

坚持不懈不畏难

　　时间不会停下脚步，生活的潮流滚滚向前。我们总是很忙，准客户比我们还忙，总觉得没有时间约见，永远有说不完的理由。此情此景，我们决不能偃旗息鼓，而要一而再，再而三地鼓起勇气，满怀诚意和耐心，坚持到底，抓住时机，这样才会实现目标。

　　我常碰到推说没有时间见面的准客户，他们要忙着工作，忙着生活，忙着在人群里来来往往，所以如何在客户的时间里见缝插针，也是我们这个行业需要把握的重点。

　　通过朋友的介绍，我终于见到了一边在大学教书，一边开着诊所的唐医师。但是短短 10 分钟的谈话，一直被电话和护士打扰。第一次的访谈并不乐观，唐医师表明要跟自己的会计师、律师商量后再决定是否投保。此后，我每隔一段时间就和他联络一次，问候他，关注他的状况，然而唐医师不是不在诊所，就是没时间接电话。我并不因此而气馁，总是自我释怀，明白这些重要人物真是太忙了。总算有一天，如愿以偿地再次见到唐医师本人，他又说要交给专业的会计师、律师去处理他的保险。我向他解释："律师为你处理涉及法律的事务，会计师为你处理财务，我们现在谈的是保险，国庆是这方面的专家，你为什么还要找保险业外的人去做呢？"我向唐医师提出，既不占用他的上班时间，也不必在他家里，只要给我 15 分钟时间，就能让我把保险清清楚楚地解释给他听。唐医师被我的真诚打动，同意找个下班后的时间跟我交流。这一次，我没有让唐医师失望，就像对待其他客户一样，我在唐医师面前作了保险销售的出色"演出"。15 分钟后，唐医师同意马上签字投保，并说对我的服务诚意十分敬佩。虽然这只是一个开始，但我却有苦尽甘来的滋味。与此同时，没想到唐医师知道本人要通过身体检查，便向我提出了三个难题，要我解决，才能完成整个的投保。第一，一定要在自己诊所开门前去其他诊所进行体检，不能影响他的业务与时间；第二，决不浪费时间等候，到了体检的诊所要马上进行；第三，他只信赖从美国医学院毕业的医生，而不是从其他国家移民来的医生。国庆可是铆足了劲儿来配合唐医师的需求，不愿功亏一篑。通过种种渠道，不只找到合乎条件的医师，自掏腰包请护士加班，让唐医师到诊所后就能立刻开始体检。体检完毕，唐医师临行前又丢下一道难题：除了送交公司的体检报告，他本人也需要一份。我就在诊所等了两个小时，拿到体检报告后，一份火速交给保险公司审核，一份交给唐医师本人保管。唐医师说："实在佩服你的服务精神与态度。"

坚持不懈不畏难

　　等待审核结果期间,我又到唐医师诊所探望他,哪知不苟言笑的唐医师竟漠然地说:"怎么我答应投保后,你就不见人影了?"我纳闷地说:"不是一周前才陪你做了体检吗?"唐医师露出不悦的表情说:"为什么那么久保单不下来,也不来说一声?"也许一般的人对于保险公司核保的程序完全不了解,以为只有他一个人来投保,而不知道每天送交保险公司的投保单都要有专业人士详细审核,做各方面的评估,才能作最后的决定。经过我的详细说明,唐医师这才释怀。

　　作为一个行销人员,往往因忙碌而疏忽了一些基本的动作。我学会从客户的要求中不断调整自己的服务,让客户更满意。我也设定在审核的过程中时时向客户汇报,而不让客户有被疏忽的感觉。我要求自己,对每一笔成交的保险,要做到不只让客户买得安心,更要买得开心。

第三章 攀登高峰

惜时如金善筹划

在时间面前,人人机会均等,为什么有的人可以科学地利用时间,做到事半功倍呢？为什么有的人却还在庸庸碌碌地过日子？有人说,聪明的人不需要你说,他也会做了;逊色的是要你做给他看的;差劲的哪怕你做给他看,他可能还不会领悟。对时间管理有心得的人,在别人还不知道发生什么事情的时候,他已经如鸭子划水般地把事情不经意地完成了。

除了在业界学习,又因为我电视专访世界各行各业的精英,研读成功人士的人生经验,体会到每个成功人士都注重管理好宝贵的时间,于是也酝酿出一套自己的时间管理方法。因为我们每个人一天都只有 24 小时,但是如何在同样的 24 小时内把它发挥得淋漓尽致,这才是最主要的区别。由于科技的进步,我可以运用各种通讯手段联络世界各地的客户。我可以用三通的电话与客户联系,而客户并不知道我身在何处,因此并不需要每天守在办公室,一样可以有效地处理业务。如有必需,我才会面对面地与客户交流。

因此,在我踏入保险行业后的一周,我权衡自己的经济情况,就请了钟点助手来帮我打文件,因为我觉得那不是我的专长。入行半年以后我又聘请了司机,这样可以让我省下时间在车上与客户通话,来准备资料,来放松自己的心情,甚至在车上用餐等等。我请专人处理我的财务,请清洁工整理居所,请花匠打理花园。我绝对相信人有专长,术有专攻。这也是我把英文老师、舞蹈老师、中医针灸推拿师都请到家里的原因。这样做只是为了善用时间,能处理更多的事情。

在安排见客户的时候,我的助手已经被我训练得有地域观念。因为在美国,往往不同的区域相差得非常远,所以当我到一个地区约见客户时,助手便会准备好这个地区其他客户的资料。这样我们可以集中在某一段时间尽量安排与同一地区的客户见面,而减少在公路上来回奔波,不至于浪费时间和精力。就算如此,除了一年有四个月时间在外地,我的汽车一年平均行驶四万里数。同样,如果在办公室邀见客户,也是把觉得有需要并同意来办公室的客户都安排在同一天。如此时间上的安排,已经成为我们一个习惯性的经营模式。

我也养成一个习惯,说话说重点,言简意赅,不煲电话粥。跟客户沟通,明白清楚而不琐碎。办事一定要复查,而不是把错误的文件递交出去,再来花时间纠正错误。本人相信一个好的工作习惯,可以大大提高工作效率。这就是有效的时间管理。

判断事情的轻重缓急也是时间管理的要素。要是能够把握孰轻孰重,安排事情,解决问题就可以更合理更有效,从中省却很多无谓的动作,避免浪费时间。

　　不只是我自己养成这些调配习惯,我本人训练出来的助手们,不论是仍在公司服务,或已出去自己闯事业,都具有这种良好的习惯。每晚将第二天该做的工作,通过电话录音交代清楚。听到录音的助手把自己分内的工作一一记下,并注明哪些是重要的,要优先处理;哪些是要打电话联络追踪的。同时,每人都养成良好习惯,若打电话到同一部门,就把所要询问的问题与个案一次问完,而避免反复打扰别人,也显示出自己的智慧和专业。

责无旁贷常自省

从职业操守的层面来考量，保险经纪对客户须高度负责，应扮演全天候保险守护神的角色。平时关心，问候，而且无论你身处何时何地，还是忙闲不同，客户一旦有状况，电话一到，消息一透，就应该尽快回应，妥善解决。不论发生什么事，讲求实效，从容应对，义不容辞。

就拿吴氏夫妇而言，突然间提出要把儿女保险中所有的钱都拿出来。他们认为，儿女长大成人，也很有成就了，并不再需要继续从小一直延续的保险了。怎么解释也行不通，一定要将儿女保险中的现金值转到自己的名下。他们儿女的保险涉及多家保险公司，每家公司都有自己的条款，很琐碎，光签名就不胜其烦。除了与各家保险公司联络，还有打不完的电话，而且吴氏夫妇坚持只有在下班后才能与我见面。吴太太甩出一句话："那有什么办法，谁让你是我们的朋友呢？"我不计时间和花费，一次次地领着司机往他们家里跑，来回车程不下三四个小时……

侯妈妈是一个非常有学识的长者。在她年轻时代,英文就呱呱叫,后来担任外商的主管,做事精明利落。她一向疼爱我,鼓励我。当她退休的时候,有一笔退休金,像其他很多的长者一样并不需要动用那笔钱,钱领出来自然要上税。她征询我的意见,我就建议她把钱存放在养老基金里,同时可以折算成一个人寿保险。也就是说把养老基金里的钱分10年来支付寿险保费,把目前不需动用的10万元,他日办成保额在25万以上的寿险,而领取这笔钱的后代,就不需要交纳任何的税金。聪明的侯妈妈估算后,与她的先生侯博士就决定这么办了。我领她去律师楼完成其他的遗产计划,领她去做身体检查,同时跟她说明除了这些申请程序,不会再有后顾之忧,便可安享晚年。两老听了都非常高兴,我也按照公司的程序进行。公司在推展这个业务的时候,告诉我们每年将由养老金管理部门自动转账支付寿险保费,客户坐享其成。

哪知,第一年我就接到侯妈妈的电话,惊慌地喊着:"寿险部门说没有收到任何的保费,将取消保险。"我征询养老金管理部门,他们说还没有设置好这个自动转账的方式。我恳请他们务必履行,帮助我紧守对客户的承诺。与此同时,我在自己的办公室也设立电脑提醒,到每一年寿险缴费期限,及时提醒有关部门,认真实施。第二年平安度过。然而,好景不长。到了第三年,我正好在华府开会,忽然又接到侯妈妈埋怨的电话,劈头就说:"还说让我买了一份安心保险呢,现在我一点都不安宁,又收到了账单,催缴保费。我不好意思麻烦你,就直接打电话到服务部,接电话的人说他们只管寿险,如果这个保费收不到,保险就终止,没有别的办法,你的保险经纪答应你什么,我统统都不知道。"她反反复复这段话近40分钟,怨气才渐渐少一些。我答应挂了这个电话,就马上去处理。等我了解真相后,才知道又有了新的条例,政府规定任何一个动作都必须通知客户,因为客户有权选择变更,换句话说如果侯氏夫妇不愿意将养老金再支付寿险,他们可以改变初衷。可叹的是寿险部门,做事机械,在养老金管理部门通知未到的情况下,就先把账单寄出去了,也没有正确地回答客户的咨询,所以造成客户不满。总而言之,客户永远是对的。当他们反感的时候,若不是我们错了,就是我们服务不周到。不管我是从业二年也好,20年也好,今时今日,只要客户不开心,不满意,那就是我的错,我责无旁贷。我当然也希望有关部门在有任何政策改变的时候,可以预先通知经纪人;而公司的后勤人员也应受一些专业训练,能理解和体谅第一线人员开展业务的不易,并配合第一线的经纪人,提供适当的支援和帮助,以便发挥团队的机动性。

知错必纠树诚信

尽管凡事尽心、尽意、尽力去做，追求完美的结局，但人无完人，在努力争取的过程中，我们免不了会犯错。关键问题是知错就改，汲取教训，不再重蹈覆辙，变坏事为好事。

单亲母亲 Katherline 独立抚养三个未成年的孩子。每一元钱在她眼里都是非常重要的。她的保障性保险保费不停地增长。在孩子成年之前，她没有能力购买储蓄投资型的保险。我在网上为她找到给药剂师特价的 20 年保障性保险。虽然我没有代理那一家的产品，但我认为不论是哪家公司，或是产品以及价钱，只要对 Katherline 有利，就建议她去申请，我会为她免费服务。当时，我对她说，"为了安全，我暂不停止你原来的保险，中间没有任何的差次。"但就在新的保险通过后，我与我的助理都忘了处理 Katherline 旧保险停保的事宜。等到 Katherline 查到她的银行账单仍被自动转账时，她已经平白无故地在旧的保险上多付了五个月的保费。等我知情，觉得非常难堪，立即打电话向 Katherline 道歉，并愿意承担五个月旧保费的支出。虽然 Katherline 再三说她已非常感谢我帮助她,为她省了很多钱,但我仍坚持负责因工作疏忽而造成的结果。

只要是我办公室所犯的任何一个错误,无论大小,那也就是我的过失。个人的荣辱就是公司的荣辱。

很多华人,到美国后都会取个洋名,但是他的护照跟身份证仍然沿用他的中文翻译名字,James 就是一个例子。平常我们都是 James 来、James 去的相互称呼。当他的保单申请下来,有一个保费跟现金单需要签名。这个签名单子一份留存在他的保单里面,一份送交公司,一份存档。我的助手在上面打的是 James,而不是他保单正式文件的中文翻译名字。在我给他送交保单和签名的时候,没有及时发觉这一点,一直到纽约人寿行政办理人员审核的时候才发现了这一个错误。我知道这个事实后,立即往返三小时车程,专程跟James 道歉,同时重新签名。

还有一位袁先生,在申请保单之后,希望能够拿到他的验血报告。他拿到这份验血报告之后,发现报告中提到他有些药物反应,自然请自己的家庭医生再作检查。出人意料的是,那份验血报告居然在保险公司实验室里与其他申请人混淆了,而让他虚惊一场。袁先生平日对我非常信任,并没有因此而勃然大怒。身为保险经纪,完全没参与任何体检事宜,但我不喜欢跟一些人一样,凡事找理由,而是勇于面对,勇于认错,也借此提醒自己,更提醒员工,减少与避免未来的错误。

施女士经过我七次的拜访，才愿意投保。保单好不容易申请下来，居然发现生日弄错了，白白加了一岁，保费也多了。必须重新签单，重新申请，全部手续重来一遍。心想这次完了，恐怕所有努力都将泡汤。出乎意料的是，听完我一番诚心诚意的道歉，施女士居然露出前所未有的和蔼笑容："大部分的人总是不停地为自己找理由，自圆其说，以你今天的身份，仍然愿意鼓起勇气认错，我不但一点都不怪你，反而钦佩你这可贵的情操。"这一番话让国庆忐忑不安的情绪舒缓了不少，也坚定了诚实待人的原则。

又有一次，助理把大量的文件交给我签名后寄出。几天后，收到一个客户的来电，说收到的信不是写给他而是写给别人的。助理被责怪得一头雾水。稍后，我回想起那天的信件是自己本人放入信封的，显然是自己放错了。又将助理招来，对他郑重道歉。助理愣在那里，半天说不出话来。从此，两人的关系更加亲密。

"人非圣贤，孰能无过；知错能改，善莫大焉"。说谎只有让人远离，认错反而会得到积极的回应。所以西方谚语说，诚实是最好的政策。确实是一个至理名言，也被我奉为销售的至宝格言。

顺应时代立潮头

　　奥运金牌得主刘翔继姚明之后成为上海形象的代言人，刘翔代表上海的速度，姚明代表上海的高度。刘翔对记者表示，他希望自己和上海一样每天都有新的进步与新的提高。刘翔和姚明不仅是上海精神的代表，也是上海人的骄傲，更是我们所有华人的光荣。

　　行销从业人员也要因业务的扩展与时俱进，无论是在知识的层面上、服务的方式上、最新的配备上，都需要不断调整和提升。我们常提到希望找到大客户，做成大笔的生意，但我们首先要考虑的是如何完善自己，像刘翔、姚明一样，每年都有新的进步和提高，而不是仅仅追求一开始能接到业务。有时，光是看第一眼，恐怕人家就不会给我们这个机会。有些业务员以为衣着光鲜便可以吸引人，一套崭新的西服，全新的公文包，看起来很有希望，可别人却不给我们这个机会，不要说大业务，有时连普通业务也难求。所以从仪表、言谈举止，更需要的是展露我们的信心和知识。我们要随时学习,随时掌握最新的资讯以及律法的变动,有问必答,有求必应,才能跟得上社会和行业发展的节奏。

我们技术手段也需要调整,这是很重要的。记得当初,在电脑还未正式面世时,我们踏入这个行业接触的还是一种老式的电脑,只能打印最简单的东西。那时候我买了一个二手货,钱还没付清,新型号和功能好的电脑已经出现。传真机刚出现时并不普遍,所以我们与离办公室不远的商家商量,希望付费提供传真服务。一旦发展到助手每天要跑好几趟,我们就自己添置了。现在无论是印刷、传真、影印都可以三合一,而机器的好坏也直接影响印制的精美与否。哪个不想省钱,但"工欲善其事必先利其器",有好的设备可以帮助我们提升销售水平,有时为了省钱反而耽误了事情。我可以算得上使用手机的先行者,记得购买的第一款,人称"小钢炮"。卖"小钢炮"给我的老板娘还随车一天,介绍如何使用这个新产品。一路上,我必须双手捧着"小钢炮"才可与客户通话,每天需要充电六到八个电池备用,而通常都是讲到最重要的时候,不是电话没电就是没信号。记得那个时候,每个月的电话费是 8 000 美元左右,到现在这个时代,人们可能很难想象。时至今日,社会上有这么好的配备便于我们与客户联系,可以节省很多的时间、精力甚至金钱,说实在的,我们应该做得更好、更有效率。

值得一提的是,不只是我本人要提升,周围相关的人的素质和技能也需要提升,包括我的助手。记得当年业务刚开展的时候,我们招揽到的只是一些普通的客户,每次都上门去拜访，坐在人家的餐桌旁来交谈。在美国到任何一个地方距离都很遥远，如果要等客户上门，那真的需要等到猴年马月。我们往往主动出击。可是随着社会的需要和客户群的层次分布，我们必须提升自身和行销团队的水平。我自己的好友Sara当初到美国就在公司服务，做事非常认真、细心、有耐性。她后来移民加拿大。我总是记得她的优点，特别请她回到美国来帮忙，但在数年后她再回到我们的办公室，居然跟我想象中有相当大的差距。当年，我所需求的是基本上的助理，只要她能态度好、办事正确就可以了。然而，当我的客户群成长、扩容，我所面对的不少客户，不仅是资产雄厚，而且从事的行业也很复杂，所以我们应对的方式也要随机应变，要求也随之提高了。公司要求员工除了语言上的能力，面对大客户的信心，还要懂得随时调整自己的应变能力和手段。我曾经将一位退休的美国银行副总裁请到公司来管理一个小团队，就是为了针对并满足这些客户的需要。

所幸的是，我制作与主持世界名人专访"林国庆时间"的电视节目十多年。通过参与这个电视节目，我坚定信心，奠定基础。经验告诉我，与所有在职有权的人面对面交流，不仅要有足够的自信，更需要了解他们的思维，唯其如此，才能够顺利地与他们沟通，出色地完成任务。

源源不断活水来

源源不断的客户群是行销行业蓬勃发展的生命力。只要能够不断地开发新的客户资源，不仅能在这个行业生存下去，而且还能不断地提升自己，甚至独立潮头，引领行业。

从事保险业 24 年来，除了原有的 4 000 多个客户外，每年还在不断地开发新的客源，始终不忘开发新客源就是这一行最原始的生存方式。我最主要的客户来源是靠其他人推荐、介绍，但并不意味着做得越久，别人推荐就会越多，而是要做得更好，别人才愿意推荐。日前我去上海张生计餐馆，看到他们由以前的门庭若市到现在的小猫三两只，其中教训耐人寻味。

卢崇新夫妇是越南华侨，一家大小乘渔船以难民的身份来到美国。开始只是在餐馆打工，后来，他们顶下了第一家速食面餐馆，叫 T. K. noodles。2.75 美元一碗面，到现在都没有变。不同的是现在已经由一家开到了 14 家，全家大大小小七口人就住在面店楼上。一碗碗香喷喷的面，材料都很实在,学生吃得饱,价钱也不贵。我在多年前已为他们全家每人申请了一份 10 万美元的保险。后来,他们也向自己原来的会计师买过一份,不久又回到我的服务范畴。我也一样地提醒他们去见律师,处理好信托遗嘱,免得以后须支付很多的遗产税。期间,他们让一位商业律师而非遗产专业律师做了一份信托。我发现里面有很多的问题,又建议他们另找遗产专业律师咨询。每次他们和律师见面我都到场,并做详细笔记,怕他们有遗漏的地方。现在好了,他们两个女儿都已成家立业,并有了第三代,两个女儿还帮他们处理很多事情。

卢先生是一个寡言的生意人,决定与其他四位合伙人到加洲首都去开发新市场,买下一个商场。我坐了三四个小时的车,跑去为他道贺。他的商场业务经营得很好,商场的地产在短短的几年内已涨价数倍。卢先生非常有心地把几位越南来的潮州帮领袖都带到我服务保险 20 周年庆祝会上,并登报恭喜我。但他私下对我表示,这些人对保险还没有太大兴趣。我对他们也没有想出一个突破的办法,不过我非常感激卢先生的古道热肠。

值得一提的是,在他女儿的婚礼上,我不知道是卢先生有心或是巧合,安排了 Philip 夫妇与我同桌,Philip 就是那位为他做商场建筑设计的,40 岁不到的成功人士。因为做事口碑好,大家抢着把各式各样的建筑工程委托给他做。在婚礼聚会上,我对他和他太太的感觉都非常好。后来,我就主动和 Philip 联络,他非常繁忙,很多次都说等有空到我办公室来，但一直成了泡影。我建议我去他家，他又推说路远，要三四个小时，而他们全家又要外出旅行。我就建议先帮他们夫妇俩做个体检，等报告出来后再细谈。他接受了建议，他选择的日子正是我在 MDRT 开会的最后一天，我只好提前一天回来。我亲自到 Philip 家，为他们填写表格。他们很惊讶，认为以我现在的身份怎么会亲自去。我说我凡事都喜欢亲力亲为，免得有什么差错还要重来。我并不能做到完全不犯错，只是希望把犯错误的可能性降到最低。在申请当中，我总是将每周申请的情况向客户报告。诸如，你的体检报告已经出来了，我们正在等你的家庭医生报告等等，让他知道他不是处在一个灰暗之中。后来他的保单终于通过了。我们约在星巴克咖啡店见面，我把各公司的价码都呈现在他面前，让他自己选择。他是个生意人，非常守信，第二天就告诉我，他和太太的选择，然后以快递形式将支票寄过来，也让他全家去欧洲的旅途上有个安心的保障。

奔驰不息自扬鞭

不管是事业刚刚起步,还是达到一定的境界,我想,追求利益不能成为唯一的目的。在工作、生活中亲力亲为,认真细致地处理事务,也是一种对自己对他人对社会负责的精神。我们往往面临的挑战来自自身,需要自勉自励,保持旺盛的创业干劲。

投身保险行业以来,事务繁忙,但我一直坚持亲力亲为的原则。只要自己精力和时间所能及的,事无巨细,都要认真、细致地亲自办理。相当多的客户非常惊讶我的服务方式,从售前的需要分析、产品介绍、保单申请表审核、陪同体检,到保单解说,我都亲力亲为。不仅如此,每日从早晨起,不论本人在办公室或出门到国外,我必定与公司助理联系,审视所有进来的文件、电邮、传真、电话留言和信件。我们自己规划了一套行之有效的管理方式和工作流程,助理每天从电话留言中记录我所交付的事情,若有任何疑问,则与我讨论。每个人都有自己负责的项目,须专心处理。譬如,周一除了每天的流程之外，那是要向客户寄出生日卡的日子。平均一个星期要寄送 100 到 150 张左右。周二是要追踪处理手头上所担负的服务项目。本来，作为一个销售，服务方面的事务应由保险公司服务部门负责，就好像车子销出厂后都由维修部门负责一样。但我特地把售后服务设立为我们工作的重要流程。无论是改换地址，变更受益人，或是要贷款，甚至理赔，每个项目我们都把进出的文件记录、备案。每周二集中审视，日常自然也受理。周三是我们核查新申请表的日子，去了解所申请的表格已经进行到什么程度，包括与有关部门或者与家庭医生联络，去各医生诊所拷贝客户的报告，再送交有关部门审核。也在同一天，我们为客户及时寄出报告，让客户了解保单的进展状况。周四是我们进行推广市场的日子，我们要固定送出 40 张明信片，包括自己本来的客户和一些准客户，告诉他们有其他新的产品或是促销活动。要让我们的业务不断地增长，而不会有所停顿。同样，也是在那天，我们会约好下周要见的全部客户，准备好所有的资料，并寄出提醒卡。周五是对一周工作的总结，包括约见客户工作的评估，公司需要添增的设备，需要准备的表格，将一周来往的信件、电脑中的客户资料作一份拷贝，存放在家。这是我们一周最基本的工作流程。而我本人一直了解、掌握公司内的每个工作环节，所以有任何状况都比较容易掌控，及时处理。

台湾的"经营之神"，也就是台塑的王永庆，虽年逾 80，仍每天工作十二三个小时。很多人不理解，他的公司这么庞大,早就功成名就,为什么还那么打拼。就连在他身边工作了35年的特别助理也不理解他,认为他虽然把很多事情授权分工出去了,但他还是非常清楚,而且事必躬亲,常常不按常理出牌。但我记得他对我说过,并不是为了赚钱,而是责任,因为有那么多的人要靠他才能生活下去。日本有家电视台为了观察记录王永庆的工作与生活,要求跟拍两星期,希望通过镜头来探究这位传奇人物。直爽的王永庆说:"不要说是两星期,哪怕是两年,你恐怕看了也不知道我在做什么。"

我在保险业的付出当然不可与王永庆的成就相提并论,但相信有些共同点。我们并不是一味为了赚钱,而是要对自己和别人负责,每天想要做的并不是要去战胜别人,而真正是要战胜自己,挑战自己。

疾风劲草知功力

世事多变,每个人对事物的认识和想法不可能一成不变。行销人员的工作会遇到各种各样、意想不到的麻烦和挫折。路遥知马力,日久见人心。只要我们保持服务的宗旨和心态,总会拨云见日,真正赢得客户的信任。

小章是他的哥哥介绍给我的。第一次见面,夫妇俩住在别人的车库后面,连厨房都没有,还必须自己搭个棚,放个临时的电炉在那里烧煮,日子过得很清贫。夫妇俩开了一家小餐馆,晚上餐馆打烊后,小章与太太还要到附近挨家挨户地发传单。如此勤勉,他们的生意一天天地好起来。我常常对他们说,真佩服。他们也非常尊重我的专业建议,开始一份储蓄寿险,一方面养成良好的储蓄习惯,一方面有个家庭保障。几年后,小章来找我,希望提取保单中所存的现金。他并未说明钱的用途,我也没有细问。后来从小章的哥哥那里知道,小章与几个国内来的老友合在一起,把大家的资金拿去投资股票,而且越滚越大。再见面的时候,小章已今非昔比,西装革履,看起来还挺英俊的。但是,他一反常态,冷言冷语地对我说:"我可没时间听你说话。"那种态度让我觉得冷到背脊。

日子一天天地过去,当经济危机降临的时候,小章也无可幸免。听说他不但赔进去了所有的资金,还抵押了房子。不可以形容他低三下四,但也算是客客气气地来到我的事务所,请教我有何挽救的良策。我很无奈地说,可以用的现金,都让你支取将尽,但至少你还有一个保障在那儿。为了你的家人,至少你应该维持一个最起码的保险。只要你愿意脚踏实地,重头来过,相信也能东山再起。同时,如果凭你这几年创业投资的经验,人脉应该不错。如果愿意,转入到保险行业,或许可以生存。前些日子,在超级市场巧遇小章,看到他在为客户解释健康保险。我一方面感慨万千,回去也主动跟他联系,把自己几项房产的保险业务,都转到小章的公司。过年的时候,小章寄来的卡片上写道:"路遥知马力,日久见人心。在过去,我收到你无数温馨关怀问候的卡片,我并不以为然,但今时今日,我才真正体会到你的成功不是偶然的,我也很骄傲地认识了你⋯⋯"

在圣地亚哥,远东超级市场的老板也有类似的故事。当年,他们全家以越南难民的身份来到美国。这些潮州人成立互助会,把大家的钱集中起来,轮流帮助会友投资做生意。潮州帮的华侨能够在国外立足,这是一个主要的原因。远东超市也是以这样的方式,开始了它的业务,先后有两家大的超级市场,开设在圣地亚哥的华人地区,而他们兄弟彼此分工合作，业务蒸蒸日上，常需要回到东南亚去订货。从业务一开始，我每个月都飞到圣地亚哥帮助当地的侨胞。远东超市也是我帮忙的业务之一，从超市发展的规划、员工福利的保障，到远东超市合伙人的权益，有一套完善的制度。随着远东超市生意的扩展，他们的需求也不停地增长、变化，每隔一段时间，我一定会到远东超市为他们调整。有一次，超市各主管都买了一个主管福利保险，在保单送给他们一个星期后，他们竟然把保单退回，而且每份保单都撕成一半。面对这突如其来的变化，我觉得丈二和尚摸不着头脑。一问之下，远东向我解释，因为当年他们在难民营的同伴刚入保险这行，对他说："你买保险没有理由不照顾老朋友。"就这样，他取消了我的服务。

我也真的不知道，他那位难民营中的好友是如何办理的。我接到远东超市的会计打来的电话，他们被美国国税局查账，需要了解保险的账目情况。我即日飞到圣地亚哥，把手边所有的档案带着。远东与我们业务来往的账目都非常清楚，而他朋友所做的却没有任何清楚的记录。后来，由我到对方的公司，把他们这些年来所付的账都列保出来，让他们可以呈送到税务局，才了结这个查账的事件。

周围的环境瞬息万变，并不是每一个人都能够坚持初衷的。我们的客户如果经不起外来的冲击，那就要靠我们能够坚持到底，永不放弃，总有一天会取得客户的信任。

遥距天涯若比邻

　　沧海桑田，世事变迁。一个人和一个家，为了生活，为了追求理想，常常如同候鸟，南迁北移。无论何时何地，保险就像一根扯不断的红绳，把我们紧紧相连。"海内存知己，天涯若比邻"，我们可以继续为客户提供服务，客户也能够在这种保障中开拓新的生活道路。

　　我的很多客户都身在海外，所有申请美国保险的人基本上要在美国申请、体检，申请通过后可以离开美国本土，而保险的福利仍然有效。譬如说索涛夫妇，当年在美国求学时年纪很轻，两人都申请了保险，后来回到北京发展，我们仍常常联系。索涛在中国国内也申请了很多份保险。我有机会到北京，他还特地到王府饭店来探望我，并送了鲜花，令我非常感动。没想到自己当年在美国播下的种子，目前在国内已发芽苗壮。

　　安平夫妇是我的旧识了，还记得当年，他们胼首胝足从台湾到美国创业，太太一个人在美国摆地摊，我没事就在她那儿买上一大堆竹篮子。其实也用不上，但至少可以让她认为有点生意吧。后来他们做了铁钉的生意，在中国内地和台湾都开设了工厂，夫妇俩经常四处奔波。还好他们没有孩子，所以提脚就能走。他俩在美国各地拜访客人，安平开车，太太看地图。前几年终于在路州买了一块地，盖了房子。2005年，安平特意让我们几个好友上他那儿去玩。我坐了一天的飞机，才到达他那个小镇，真是一个偏僻的小地方，去超级市场买菜成了最大的娱乐。家中至少要有两台冰箱，每隔一周要驱车四个小时到大城市的亚洲市场购买食物。我平日没有时间看电视剧的，也在那几天好好地享受了韩国的连续剧《大长今》。安平夫妇还没有后代，但是他们也认同寿险的重要性，同时作了信托，将名下的寿险除了互保之外，第二受益人就是侄儿侄女。我鼓励他们找当地的代理人为他们办理长期护理保险，同时把投资方面有独到见解的代理人介绍给他们。

安平为我介绍了有生意往来的王火土夫妇，他们来往于美国、越南跟中国台湾之间，全家的寿险都在我的名下。每年都有大量的美金汇款到他们的保险账户。

何先生从事化学品生意，是旅日华侨，周旋在美国、日本、中国台湾之间。我到日本由何夫人接待，领着我在东京到处逛。何先生已是我多年的客户，太太还不是。写到这，也令我想到和何太太几天在一起，居然没提起投保的事。

刘明谭，从他在美国留学的时候就认识了。他的太太是中国台湾的高雄钢铁厂老板的千金，从第一份的寿险、退休金、孩子的教育基金，到迁回台湾后的第二份、第三份保险，都在我这里继续着。刘太太还将她的姐姐、姐夫都介绍给我。我到了高雄，刘家总是热情款待。有一次，姓袁的朋友陪我去高雄，竟然跟刘明谭说我吃得很多的，一定要多点一些菜。我感到很不好意思，但也觉得客户与我亲密无间。

张和中为两个孩子存钱的时候，他本人在英国服务。夫妇俩有一个理念，希望在自己还能赚钱的时候，在儿女的名下能多存些钱，而不是等自己身后才把钱留给孩子。我们通过 E-mail、邮件、电传、电话保持联系，我必须把文件给他看，让他签名；也要把文件给他美国的孩子看和签名，进行身体检查，完成所有程序，才向他收保费。因为不是固定保费金额型的，所以每年我都要特别注明存款数字。不论我到英国拍摄电视片或张和中到美国出差，我们都争取机会见面。今年张和中又因工作调往印度，我们的联系又从英国的伦敦转到了印度的新德里。

世事多变化，很多人和家庭在我们认识之初并不知道以后的动向，更不知道他们人生的安排，幸好在保险这一块，我为他们做了一些有益的计划，无论是从事哪一个行业，无论他们迁移到世界上任何一个角落，保险都可以为他们提供适当的保障。为此，我自己也感到心安理得。

各展所长相辉映

同行不是冤家，可以各展所长，互帮互助，成为默契的合作伙伴。对行销人员、客户和保险事业而言，这种合作都是三赢的局面，值得珍视。

有很多的保险个案，我都是跟其他保险经纪合作完成的。有些新入行的保险经纪对比较复杂的状况不知如何处理，希望我能够出面；有些是因为我看中某保险经纪在某个领域有专长；还有是因为我出门在外，要请其他保险经纪及时帮助我的客户。我认为这都是三赢的，不但客户能得到应有的及时的服务，其他的保险经纪得到他应得的酬劳，我本人则有可能减轻了压力或是赢得了对自己的肯定。

从我自己的家庭医生开始，我跟 Laura 一起合作了好几个长期护理保险的个案。我对家庭医生 Sydney 非常满意。当年，我结识他，就是因为我原来的家庭医生在闹婚变的时候完全置我于不顾。我曾经急诊两次，若不是因为原来的家庭医生的疏忽，我不需要在家里躺上三个月，现在仍然在调理慢性支气管炎。我也感谢 Sydney 伸出援手,愿意在百忙中接受我这个新病人。他每次都很细心地为我诊治,对症下药。他了解我的工作性质后,顺口提到他自己也在寻找一个长期护理保险。长期护理保险跟健康保险在美国是有所不同的。基本概念是在人因为健康状况而在衣食住行需要他人照顾时的保障。无论是自己请人在家中照顾或是住进养老院由专业人员护理,都适用。很多人到晚年的时候,若没有足够的储蓄又没有长期护理保险,在短短的三五年不但用尽自己的存款,甚至还要变卖房产来支付。我跟 Sydney 表示,因为他是我的私人医生,最好由第三者来处理他和他太太的私人保险,免得尴尬。他非常赞同我的说法,所以我推荐了 Laura 给他。我称 Laura 是长期护理保险的"皇后"。因为 Laura 在这块领域下了很大的工夫。而且 Laura 的母亲曾需要长期的照顾,她深深体会其中的重要性。再加上她做事也很努力,我认为她是一个再适合不过的人选。

Sydney 为 Laura 介绍了其他的客户。Laura 也是我个人长期护理保险的代理。我想每个人都一样,生病的时候找最好的医生,有事的时候找最好的律师。我们为什么不找一个好的长期护理保险代理人呢?我不得不强调每个人的专业,也许你跟我谈起寿险,我完全可以顺着来倒过去地说。但是长期护理的方面,我认为自己的知识面不及 Laura 练就的功夫。

新入门的保险经纪常来找我处理一些复杂的个案,或者看看我有什么窍门。前几个月跟现任销售经理 Agnes 吃饭,她谈到,她刚入行的时候,请我一起做一笔印刷公司行政主管的保险。当时,她很奇怪,为什么在一个小时内,我不过说了三句话,都是让客人在表达。她甚至怀疑我是不想让她学到什么东西。10年过去了,她本人也做到了销售主管的位置,才慢慢体会到作为一个销售人员能够懂得"听"客户说话是多么的重要。

Karren是一位印度籍保险经纪,跟她的先生Bob同进同出。多年前,她就将她认为理想的客户Jennifer介绍给我处理,因为Jennifer是中国人,他们认为我比较合适沟通。这些年我和他们都一直保持着良好的关系。Jennifer的事业不断增长,我建议她处理自己的遗产计划。我把沈律师领到她的办公室,在旁做笔记并为她建议,也将沈律师介绍给她的合伙人。几个月后,她的遗产信记已完成,需要调整她的保险。几个月内,我来回不下十几趟,而且路上的距离也不近。我让Karren了解这个状况,但是我跟她说她就是坐在家里不出来,不管我收的保费多少,还是坚持当年的原则,佣金一人一半。

在我出门的时候,也会拜托同行处理我的业务。因为在美国的规定非常的严格,若是没有执照,决不可能为客户销售保险,我的助手仅限于做服务工作而不能做销售。我便拜托我的好友同事LiLa和Bassiee来帮忙处理。LiLa原本只是帮我送交一份保单并收钱,到了那里才发现客户Teresa身体状况在这申请的过程中有所转变,已经发现癌细胞,已不具备接受保单的条件。她决定向保险公司退回保单,换句话说,她白跑了两趟,我们两个都没做成这笔生意。Bassiee 也是我多年合作的伙伴,我在入行的时候,就将她作为我所有保险业务的继承人。一旦我有什么事情发生,所有的保单都由她来继承。Bassiee 比我早入行,只是平日工作的时间没有我多,所以她的业绩没有达到像我这样的标准。对她的专业知识,我是非常信任的,完全放心把我的客户交给她来接管。她的女儿在拿到律师执照后也加入了保险行业。我觉得这样对我的客户会有所交代,不论发生任何事情,我所有的客户都不会成为保险孤儿。LiLa 还帮我处理健康保险的业务,她在健康保险方面的专业知识就像 Laura 从事长期护理保险一样。

所以,术业有专攻,让我们每个人在自己的岗位上各领风骚,也让客户各取所需,得到该得到的福利与服务。

同心协力铸辉煌

　　除了助手之外，一个人的成功与周边方方面面的支持与配合也很重要。因为客户的需要，势必常常与其他专业人士打交道，像律师、会计师、医生等。除了要借助于他们的专业知识外，还要选择一些做事风格相同的专业人士，这样彼此志趣相投，做起事来也能事半功倍。

　　Faye Lee 是一位专业律师，继承了她原来老板的所有客户。她虽出生于美国，但通广东话。她能够把非常复杂的遗产信托解释得简单明了。Faye Lee 女士上门去见一位在硅谷生物科技公司的创办人，对方虽然拥有三千万美元的身价，但她仍收费 800 美元，不因客户资产多而多收费，而且在一周内已将文件完成。她笑着说，那是跟国庆学的。因为国庆生意多，跑来跑去，佣金恐怕还不够付汽油费和员工的薪水，但国庆仍坚持客户利益至上的工作理念，所以我们志趣相投。

　　另一位沈律师，我从他当实习律师起就认识他。我一直为他介绍客户。他工作态度好，也愿上门帮助那些有难处的客户；再说，我也不像有些保险经纪要从律师那里分一杯羹，所以与我合作的律师总是很有效率的，绝不拖延。我往往很实在地在客户面前推荐他们，同时帮忙把前期资料收齐，而让他们的工作进展顺利。若是从他们与客户的对话中，觉得对方可以调整、改进的，我也不吝啬谏言。譬如，我建议爱说话的律师，等客户把话说完才接口，因为一般客户的思考能力未必如律师那么快，尤其是在陌生的领域里。

在美国申请保险，客户体检通常由医生、护士上门来检查，除非保额特大，才到医院体检。一般情况下，则视保额大小来决定检查项目。我除了事先与客户沟通清楚外，通常立即与医生、护士约定体检时间，以免耽搁。记得，我建议菲律宾籍Luly医生，与客户见面时要提个像样的公文包，而不是超市的袋子，这样看上去专业多了，也会赢得客户的信任。我建议林护士在抽血与量血压时，便可以聊天方式询问客户的身体状况，这样可以有效利用时间。许多诚恳的建议促进我们在各自的领域发展壮大，彼此合作无间。他们虽然不是我保险同业的组员，但为客户的优良服务也直接代表着我公司的声誉。

另一位律师John Jue也算是我的生死之交。因为当年"9.11"发生时我们同车回家。他不只在专业上不停提供我最新资讯，提升我的知识面，也时时提醒我在法律上保护自己。譬如有一年，我准备另设一处办公室作为分公司，另一位保险经纪与我同租这一地点，哪知这位保险经纪即刻在那里办演讲会并招兵买马请代理人,虽不是直接用我的名义,但John Jue担心我的招牌挂在那里,若有人背着我做什么不合法的事会产生不良后果。所以我就关了那个分公司。可笑的是,有次John Jue听说有位看相的,会看人的前世、今生与未来,说我这个人能逢凶化吉,若有人对我不利,不需我做什么,自己反遭不测。自那次以后,好像John Jue没有再给过我什么建议或警示,大概他真的觉得不必为我这种命好的人操心了吧。

我尊重所有的专业人士与所有在我生活中帮助过我的人。我的好友LiLa精通健康保险,虽然,我们同属公司的保险团队,她经常不计回报地助我一臂之力,每年帮我审核健康保险。我公司的装修是由Amy Huang负责的,我连看都不去看,完全信任她。她报来费用,我二话不说。我对自己与助手的英语水平信心不足,遇到重要文件都请我弟弟和做律师的侄女操刀,尤其准备上电视的那些问题更是锱铢必较,不想贻笑大方。不用说,我的广东话也是黄福机长老与李欣一个字一个字教出来的,使我能在电视上用广东话对答如流,并且能在香港红磡体育馆用广东话向数千人演讲。我认为都是这些幕后英雄造就了我。

金字塔不是一天建成的,我的保险团队也不是一下子打造出来的,更不是靠我个人创造出来的,而是靠一步一个脚印,聚沙成塔。

尽情演绎展风采

　　每一次的销售过程就好像艺人站在舞台上一样,售前要为客户做妥善准备;来到客户面前,要恰到好处地介绍;要提供热情周到的售后服务。就如艺人不只本身需具备才艺,还要规划好每一次的演出。从舞台设计、灯光、音响、服装、换景到后台帮忙,甚至票务、场地等细节,都不能有任何的疏忽。

　　我看到国内音乐摇滚界有名的崔健在"鲁豫有约"电视节目中的访谈。他整整花了12年的时间才又回到了北京的舞台。这12年来,他的歌艺没有变,但他时时都在做演出的准备,也作了更多不演出的准备。因为人们一次次都给他希望,你今年可能得到有关部门的批准,就这样一年年地过去。就如我们的行业,我们每次都在那个边缘,客户似乎这次答应了,但又要等待下一次的可能性。我们的知识跟服务的态度永远在备战当中,但我们要时时以平常心看待,无论成与不成,都要做最好的准备。

老牌抒情歌手蔡琴,我前后看过她四次演出。有两次都是在美国,她去做慈善事业。一次是为老人耆英协会募款,一次是为防癌协会募款。一方面我支持这些公益活动,另一方面也知道一些客户喜欢听她的老歌,所以特别购买最高价位的票,坐在第一排欣赏。还有一次,她在一个小型的场所演唱,无乐队伴奏,只有伴唱带,但有实力的她依然应付自如。记得在电视专访中,她在我面前道出当年为了赢得一个吉他而苦练三个月,得到校园歌手的冠军。在华人流行歌手中,很少有人能像蔡琴那样,还能以歌剧展现在观众面前。她本身歌喉好,也能玩乐器,又有各方面的才华,是一个实力派的歌手。我在上海观赏了蔡琴演出的歌舞剧《跑路救天使》,从编剧、舞台设计、乐队等各个方面,绝不亚于任何国际性的演出。而蔡琴让全场观众互动的能力,都不是一般歌手所能比拟的。

　　巴巴拉·史翠珊是闻名国际的歌星,她的歌声多年来打动了千千万万的歌迷,没有因为她年岁的增长而有任何的减少。巴巴拉的母亲有一次深有感触地说:"这些人真是疯狂,竟然为了听你唱一首歌就愿意付两千多万美金的版权费也在所不惜。"巴巴拉十分认真地对母亲说明:"那不仅仅是一首歌,那是我全部生命与灵魂的展现。"当一个人喜欢自己的工作,就好像信仰宗教那样虔诚。相信巴巴拉每一次在舞台上都要求自己百分之百地完美表现,不计成本地要求完美的搭配,这就是那些歌迷为她疯狂的原因。

　　我们从事销售工作也是相同的原理。来到客户面前,也许客人只给我们 15 分钟的时间，但是我们就要把握好那短短的 15 分钟。客户观察我们的仪表，听我们的音调、措辞，还要理解专业知识的表达和肢体语言。甚至根据客户的需要，如何地问问题，如何地介绍产品，直到销售完成。我们的准客户可能只给我们 15 分钟，甚至是五分钟的时间，而在那短短的时间内，却融入了我 23 年积累的知识与经验。我对于事业的喜好与重视，对于生命的价值观，也在那短短的几分钟表达无疑，这难道不是一次百分之百的演出吗？就如崔健、蔡琴、巴巴拉那些演艺人员，在舞台上全身心地投入一样。我更希望演出后，我们的客户也能够像歌迷一样，不只是一时的疯狂，而是永久的喜爱，队伍更是不停地扩大。

第四章 从业心得

掌握良机方出击

从事行销工作，需要掌握时机，趁热打铁。在适当的时候、适当的场合，做该做的事、说当说的话。千万不要让稍纵即逝的机会，因自身的原因而白白错过。当然，火候未到，也不要鲁莽行动，以免破坏大局。

这让我想起 Bornya 当年做我助理的时候，她总是会找适当的时机提出要求。譬如请个假啊，调整薪水啦，要求增加什么设备啊，她都懂得察言观色，她总是能够如愿以偿。难怪今时今日她能拥有一家在旧金山最有名的海鲜餐馆"鲤鱼门"，就连各地来的游客若不能到那里就餐，都引以为憾。

丁克铖当年是台湾地区的篮球国手，年轻的时候，得到不少球迷的拥戴。走在街上，就有人围着要求签名。时至今日，一些老球迷若在街上认出她，也是一拥而上。我结识她，是在全球华裔妇女大会期间。那一年，我得了全球华裔妇女企业家的社会贡献奖。丁前来跟我打招呼，并表明她也是纽约人寿的同仁。我对她并没有什么印象，她也常以此取笑我。因为她说我总是在台上抿着嘴笑，不知道是在对谁笑，从来不正眼看她一次。从此，我跟丁姐成为好友。她的儿子因去滑雪场玩雪橇，背骨断裂，从此残废。我在第一时间赶到滑雪场旁边的急诊医院，陪伴丁姐度过最痛苦的时间。

丁姐在保险业务上并不如她在篮坛上那样的风光，她似乎只是在保持公司的最低标准，维持一个合同罢了。那对我来说可是举手之劳，但我希望告诉她如何钓鱼而不光是请她吃鱼。我跟她说，我愿意从旧金山乘飞机到洛杉矶，帮她去做销售。那一天，丁姐从机场接了我，驱车前往客户魏先生那儿。我等着丁姐与魏先生夫妇在饭桌前交谈，跟他们寒暄。好不容易告一段落，我觉得我可以出山了。丁姐还在那里兴冲冲地问那只小狗怎么样了，女儿的婚礼怎么样了。我趁魏先生走开的时候，碰一下她的大腿，说让我来谈保险，不要谈其他的杂事了。我也看到从我的解说当中，魏先生夫妇情绪越来越专注。我作了需求分析：两位已届退休年龄，儿女已长大成人，应自己安排退休后的生活及财产的分配，以及遗产的处理。最后谈到寿险的需要，就在我等待他们做决定，进行申请的时候，我那位可爱的丁姐恐怕无法忍受片刻的安静，也就是那最重要的片刻，她插话道："那我们今天就谈到这里吧，你们好好想了以后再说。"当天的努力就这样前功尽弃。

南海渔村的老板娘希望给儿子做个教育基金，她的先生也一直觉得有办理寿险的需要。我在帮她做了所有的分析以后，她提到他们是一个家族事业，办好丈夫与儿子的保险计划后，能够处理她公婆与大伯小叔整个家族的保险。我因为要外出拍摄电视节目，所以立即通知 Bassiee 前往进行申请的步骤。我一回来，就与 Bassiee 联络，没想到她对我说因为家中装修房子，并未前往。我再跟南海渔村的老板娘联络，她跟我说，因为你推荐的那位 Bassiee 小姐毫无音讯，而另有一位保险经纪销售差不多的产品，每天都过来，我们很不好意思，所以已经跟他申请了。

　　我长年累月在外演讲，让同业分享我的经验。也常有同行向我请教成功的秘诀，我的内心有无限的感叹。我看到丁姐入行近 15 年，Bassiee 将近 30 年，但是对于最基本的掌握良机的概念似乎都没有。难道他们就不相信这个基本原理吗？在该说话的时候说，该行动的时候行动，该出手时就出手。

对症下药通心渠

在与准客户沟通的时候,一定要掌握影响这位客户人生现阶段的最重要因素是什么,而他已做了哪些准备与计划来达成他的目标。目前,他的目标与计划进展得如何,自我满意度又如何?而保险经纪可以扮演怎样的角色,来帮他完成他的人生目标?当然,这要在保险经纪赢得准客户或已经投保的客户信任后,才会一点一滴地相互沟通,逐步分析客户的需求,并且有所建议;而采取行动的按钮则掌握在客户的手中。

每次约见客人之前,我都要问自己三个问题:"客人为什么要买保险?客人为什么要向我买保险?客人为什么要在今天向我买保险?"如果我自己难以回答,我相信这次出击成功率不仅不高,而且是根本不可能成功的。如果客人没有那个需要,还没有足够的认知和了解,他就不是一个理想的客户。其次,客人如果对我没有信心和信任,他也不会跟我成交。而客人没有那个紧迫性,自然而然,客人也就不会当即做决定了。

客户永远是对的，因为每一位客户都有他的背景，对于某些事情都有自己的看法，可能与我们不一致，但一定有他自身的原因，所以我们要学习如何尊重客户的原则。我们把客户所应该知道的要告知明白，但要完全尊重客户的决定。我的好友谭元元是国内一流的芭蕾舞演员，她从上海到欧洲表演后，转赴美国，成为旧金山芭蕾舞团的主要演员，后申请父母一起到旧金山。记得有一次，我私访上海，不像在过去都有专人安排车辆，所以向元元的母亲打听如何租车子，这样出入有司机专送。谭太太答道，上海出租车满街都是，不需要花那个钱。这些话说得一点没错，但已习惯出入有私家车的我，在热闹的南京路与九江路上到处奔跑，汗流浃背，拦不到计程车，永远抢不过别人。不明就里，只好调笑说把这些租车的钱省下来去帮助更多的孤儿。

硅谷上市公司的好友朱先生，准备到北京投资。正好刚认识的 Helen 也在北京做房地产投资，就介绍给朱老总。朱老总跟她跑了在中央电视台附近的一栋大楼之后，就来电表示不必去看 Helen 推荐的其他地方。起初，我不了解缘由，后来一想，朱老总特别飞到北京两天作投资，他所需要的是现房，而且都是一次性付清款项。而热心的 Helen 带他去看的韦伯中心，预估 2006 年 7 月才完工，而且都是一些不经装修的毛坯小房，与朱老总想象中的水平有相当大的差距。

在上海期间，常有机会与当地的寿险顾问钱雪松交流。她也曾以手中所做的几个范例与我询问经验，听完之后，我非常直截了当地对雪松说，没错，就是要听得出客户的弦外之音，要对症下药。我们天生具有一张嘴两个耳朵，就是要我们仔细聆听，听客户心中所要表达的，而不是我们自以为所做是对的。如果不对症下药，常会与客户成为两条平行线，永远无法交集在一起。

步步为营求谨慎

　　林林总总的客户有共性，也有其特殊的个性，想法五花八门。行销人员要尊重客户的个性，不厌其烦地处理他们的要求和意见。往往在我们眼里似乎是小事，但在别人看来确是非常重要和有影响的。我们不能忽视和漠视，要认真对待，不能因小失大。一朝出错，就有可能无法挽回。

　　硅谷高科技上市公司的林总裁，事业非常成功。他们公司原来的健康保险，多年前是由 N 公司承办的。那时我还未入行，也不明白发生了什么事。据他叙述，他曾经需要理赔，人在香港，但是理赔的部门办事没有效率，令他非常不满。当我跟他谈起公司行政人员保险的时候，他要选择好公司、好价钱，但指明绝对不用这家 N 公司。每一项业务都来之不易，个中的辛苦不是语言可以描述的。他们公司掌管保险部门的 Winnie 小姐，非常专业，有礼貌。不管是文件还是电话，她的接待总是很客气，让你感觉非常舒服又很愿意为她办事，但是她提的要求却是一点也马虎不得的。我常说，希望帮我办事的人给人也能有这种感觉,但是该拿的资料与应得的服务一点也不少。每当他们有需要,我总是收集资料,让他们了解市场的发展情况、新的产品,周全详细。好在我每天都在处理保险业务,对寿险可以说了如指掌,但是要达成他们的目标也并不容易。当资料收集来了以后,先要通过Winnie小姐审查满意,她才呈现给林总裁。林总裁永远都想得出来他还需要的资料,他永远都让我去找更便宜的。还好,多年合作下来,我没有什么毛病可以挑。他们公司采用的是普通七年保障性的保险,又要最便宜的。所以七年一晃而过,他又要重新在市场上寻找最好的公司、最低的价码。那年世界发生 SARS 疫情,他们公司的几位重要人员常常都在各地出差,尤其在 SARS 地区,所以保险公司拒保。我就去林总裁当年不满的那个 N 公司,把林总裁的不满提出来,N 公司很希望能够挽回这样一个客户,将他们的情况考虑以后,特别优惠地通过了他们公司所有高级行政主管的寿险保障。同时没有任何附加条件,譬如 SARS 不保之类的。

　　林总裁基于无奈,因为原本的公司已到期。而他重要的行政人员必须要有保障,包括他自己。他只好咬着牙接受了N 公司。第二年,据 Winnie 小姐说林总裁早就下令要她绝对不让 N 公司续保,既然 SARS 风波已过,他要重新申请新公司。不用说,我们又同样的重来一次,收集市场上新的资料,比较公司的价码,将认为最完美的资料呈献给林总裁。总裁大人坚持让所有的高级行政人员重新作一次体检,而每一位体检的时候,我本人都到场,掌握所有的临场操作情况。只不过短短一年的功夫,有两位员工不知是否压力过大,患了高血压症,保费自然要调高。林总裁当然希望我能够跟保险公司交涉,但最终他们的价钱仍然比 N 公司高,在这样的情况下,林总裁仍然坚持要接受新的公司,而绝对不继续采用 N 公司。

不只是 N 公司,任何一个公司,大概都不能想象,只是一次错误(也可能不见得是错误),他却将永远失去一个客户,而且可能是一个大的客户。所以我总是提醒自己要兢兢业业,不要忽视任何一个环节,服务好客户是极其重要的。

其实,保险服务之外,我也下了不少工夫。比如,我知道林总裁喜欢字画,就帮他安排去见当代有名的画家傅狷夫,并到了傅大师的家中。我了解到他喜欢听老歌,特别安排他与夫人去听蔡琴的演唱会,购买贵宾票,让他坐在第一排。不只是对他,很多在硅谷的老总,平常不出现在任何场合的,我也只有以这种特别的方式才请得到他们。另外要提的是,林总裁的公司仍然需要健康保险,我把我的好友 LiLa 推荐过去,因为我对 LiLa 在健康保险方面的专业与服务是肯定的。经过 LiLa 与 Winnie 的研讨,LiLa 认为林总裁不可能再找到比他们公司所拥有的保险更好更便宜的其他计划。而以 LiLa 跟我做事的原则,我们并不因为要做生意而一定要把别人的生意抢过来。

取信于人守原则

在人们的眼中,4 000多个客户自然是一个五花八门的群体,行销人员服务的方式自然是多样化,不然难以应付。其实不尽然,保险行销工作的原则和基本模式并不复杂,只是你如何坚持基本原则,又如何因人制宜。

雪松总是鼓励我将4 000个客户的故事写出来,她认为会有很多内容值得分享。我淡然一笑,工作的方法和技巧只是"换汤不换药"。

ChurChill,我已经不记得是怎么认识他的了。第一次见面,他与第一任妻子在家中申请寿险,护士也在那儿检查身体。他必须去取小便的样本,太太说要帮忙,两人挤在洗手间半天不出来。我与护士互相对望,心里都在想,这对年轻夫妇真是恩爱有佳。好像没过两年,ChurChill打电话给我:"ChrisTine,你记得我吗?我已经换了一个老婆了,你什么时候可以来帮我调整保险?"虽然我心中非常纳闷,但作为一个保险专业人士,我绝口不问客户的隐私。见到他的新太太与新的岳父母,不只调整了 ChuChill 的保险,也增加了几个客户。我们数次共享午餐,ChuChill 的太太还将其他的亲友介绍给我,我也帮 ChuChill 的母亲申请了保险。

数年过去了,有一天,电话响起,那一头的 ChuChill 告诉我,他又换妻了,这是我所知道的他的第三任妻子。他自我解嘲地对我说:"你与我可是老朋友了,我每一段经历你都非常地了解。"我虽然不知所云,但我也很庆幸 ChuChill 对我的信任。他知道我在他任何一个女人和亲友面前都不会往事重提。ChuChill 的母亲也把我当作自己人,她就像所有的母亲一样,除了赞美自己孩子很孝顺外,还赞扬这个新媳妇不斤斤计较。我凡事看在眼里记在心里,作为自己的借鉴。

Robert,一个常在美国与中国两地跑的商人。他一次申请了两份一模一样的保险,但一个受益人是在美国,一个受益人是在中国。他跟我说,这是转移财产的最好方式,不论发生什么事,两边他所关心的人都得能到照顾,而彼此不受资产上的影响。有一次,她的太太冲到我的办公室来,问我他保险的受益人是谁。我对她说,她先生的保险拥有人是 Robert 自己,只有 Robert 才能查问保单的内容,我必须按照法律与公司的规定行事。Robert 怎么去解释这件事情我不知道,多年来,其保单没有任何的变更。

我对助手也严格要求,我们不论知道多少客户的私人状况,都绝不能随意透露客户的保险内容与任何所知的私人状况。我们要对保单的拥有人负责,应对世界各地的大小客户与他们的律师或代理人，都要严守这个原则。这样不但不易触犯法律，也能心安理得，更不会因平常的不好习惯而造成任何无意的错误。

己所不欲勿施人

在从事销售的过程中，也会出现第三者，通俗地说是有人抢生意，就好像一桩婚姻有了外遇。在当时，我们不明所以，只有事后才能真正了解整个情况及原因。虽然我已经是MDRT的终身会员，也是销售中的佼佼者，但一样也会碰到挫折，重要的是如何吸取教训，继续努力。

记得有位牙医古博士，也可算是我客户群中印象很深刻的一位。他是个不遵守约会时间的学者，直到第五次相约，才见到面。真正坐下来交谈后，感觉相谈甚欢，古博士认为，虽然有这么多的保险经纪找他谈保险，但他对他们的专业品质却不予信赖，一直到我出现，他才下决心办理。这番话让我很是安慰。我原以为彼此相见恨晚，从今以后都可以顺利进行。万没料到，两周后，接到一封古博士的挂号信，信中直接表明全家人的保险不再需要我代理，他已找好其他保险经纪。当时保费已缴，保单已生效，但他坚持保险由他人代理。失去一份保单，不及我因不明真相而伤心。再三的反省，不明就里,自认为欢欢喜喜所促成的保单,怎么会演变成如此的局面? 自然非常纳闷。等情绪平静之后,仍然想知道自己错在哪里,好为未来作调整与努力。耐下性子按兵不动,等待适合的时机再度约见古博士。没想到古博士热情接待,和信中斩钉截铁的语气大相径庭。古博士坦诚地解释,就在签下保单的收条后,他接到自己会计师的电话,通知其刚加盟保险业务,希望古博士捧场。古博士虽很不以为然,但考虑到自己所有的报税细节全捏在会计师手里,不知如何是好。而这位会计师仁兄立刻预备了一封信让古博士签名后立即挂号寄出。我非常地感谢古博士将原由道出,至少让我可以释怀。尽管双方无法合作,古博士还是坦陈非常敬重我的气度。说我不计前嫌,还到他家中探访,真的很不容易。

我虽然认为,干行销的人个个都不容易,但对这个会计师的行径不能苟同。我觉得人人都该秉承良性的竞争原则,不要蓄意破坏这个行业的规矩。尊重别人,也尊重自己,这样才会在销售领域中走得更远更好。

脚踏实地心无愧

追求理想、力争上游的意识和劲头是很难得的。俗话说，不想当元帅的兵不是好兵。然而，为了实现自己的奋斗目标而不择手段，投机取巧，甚至违背道德，损人利己，实不足取。反之，脚踏实地，诚信利人，目光长远，倒不失为做人处事的一个明智选择。

有一年，纽约人寿冒出了一位女性会长 C，也就是说她当年的销售成绩名列榜首，也是公司有史以来，第一次有女性获得这么高的荣誉。C 赢得会长的荣誉后，特别来到我的面前对我说，明年就看你的了。就像公司里许多同事常常鼓励我，说 ChrisTine 你一定要做一次会长。我总是对他们笑笑，因为那真不是我的目标。我平日接触的都是一些顶尖人物，有国家元首、知名企业家、各行各业的精英。我本人曾经在1993 年担任过副会长。我在那一年度结束前的一个月到中国旅行三个星期，并没有把拼会长的业绩放在心上。我一向认为凡事尽力而为，能帮助多少客户就是我的机会与缘分。

我只求心安理得、顺理成章地完成每一件个案。

C在那一年可谓很风光，不仅出了书，还是 MDRT 当年的主讲者，受到各方的祝贺。还不到一年，公司传出消息，她的秘书到有关部门告发她的不法行为，经过种种调查，真相至今不明，但她也离开了公司。第二年，在 MDRT 看到她正向其他会员哭诉，我上前去拥抱她，不知说什么安慰的话才好。但我对我自己说，这真不是我所要的。

另有一年推选的会长，据说他办公室人员跑到墓地抄袭个人的名字与生日，填写申请表，作为业绩。那是聪明反被聪明误。还有一个会长，因为贿赂政府官员拿到一大笔生意，会长是做成了，但也进了监狱。我真是不明白做个保险公司的会长真的有那么大的吸引力吗？

我的直属上司 K.B 是一位非常能干的经理人，是印度移民，也是从事销售出身。他从一个小的销售员，到统管大旧金山湾区的业务，直属的经纪人说 40 多种各国语言，都听令于他。我从旁观察，认为他的工作难度超过公司的老总，因为他要在第一线面对各种不同种族背景的代理人，还要让他们每一个人都处于非常乐观进取的状态而总体成绩又要对公司负责。他几乎每一次见到我，都跟我说两个字"会长"，以此提醒和激励我。我总是对他笑笑。前两年，我出门回来，听说他动完心脏手术在家中休息，我几乎每天都抽时间绕道他家探望。他坐在床上，看着窗外，还是用电话指挥若定，有时我看到他把公司各个部门主管都叫到家中开会，毫无松懈。我每次见到他，也是只有两个字"健康"，成为我对他必喊的口号。他是一个责任心非常强的经理，听说他央求去他家的同事，偷偷带他到公司上班。为此，刚动手术的伤口裂开。我很佩服他那位贤慧的印度夫人，没有任何怨言，总是含着微笑在旁边支持他。经过了这一段生死边缘的挣扎，我再次看到他的时候，他再也不会用"会长"的口号来提醒我，而我也只是用眼神和微笑来表达我自己。

　　T君是一个由东南亚来的华侨，在寿险界从业多年，这几年开了自己的代理公司，代理多家寿险公司的产品。他专门寻找那些在公司表现不佳或对保险公司不满意的经纪人，招至麾下。他的绝招就是鼓励那些有怨气的经纪人，将原已卖出的保险，再转换到另一家，即可重新赚一次佣金。对于那些不明就里的客户，平白受到损失。其实这是非常不道德的行为。同时，美国一般的保单在投保前两年，若发生理赔都要从头调查。有的客户保单已过了两年等待期，又要重新来过，加上年纪大，保费调高，应该是划不来的。我知道，有不少的同业人员这么做，T君也因此在业内发达。但那是我所不屑的。

　　我也常常问自己，我的人生目标是什么？自己好像胸无大志，公司的会长吸引不了我，我在前半生见过这么多有名的人，经历过这么多有意义的事。我只想把每天应当做的事顺顺利利地完成，问心无愧。这样，我就很满足了。

脚踏实地心无愧

131

宁为玉碎不失格

　　行销人员和客户之间应互相尊重，保单虽重要，但一个人的尊严也不能丢。面对无理要求和蛮横态度，宁为玉碎，不为瓦全。

　　赵德明医师并不是第一个遭到我拒绝的客户。对由香港移民非洲的杨氏夫妇，也是我在被杨太太一顿吼叫之后，决定不继任他们的保险经纪的。我不在乎一定要做那笔生意，我觉得人都应该得到基本的尊重。

　　那次是医生赵德明自己打电话给我，劈头就说："你知道我是很有钱的，我的住房就值几百万，另外又投资股票等等，你什么时候有空，我请你吃饭，我要买保险。"我还没和他客气完，那头又说："我妈现在决定她那份保险不要了。"果然不出我所料，这位难搞的老人家又有变动了。赵医师继续说："我的姐姐已经不好意思给你打电话了，所以要我通知你。我妈妈说她没钱。"她说她没钱，我心里想着怎么又来这套了。我嘴上问着："你和你姐姐是保单的拥有人，不是你们来付这笔钱吗?"那头又说了:"但是她说她不要,我们也只好按照她的意思办。你什么时候可以帮我把第一个月交的保费全拿回来?"我心里想,你刚刚不是才说自己很有钱的吗?"你是非常成功的保险经纪人,你的服务是绝佳的,你一定要帮我们的忙,把我们交付的第一个月的保费马上全数拿回来。"这口气相当熟悉,他母亲的模样又出现在我的面前。

我也不甘示弱,说:"你说话的口气真像你妈,就差没像她说的'我就给你跪下了,我就求求你了,你一定要帮我的忙。'"我对赵医师正色道:"现在不是我帮你们忙的时候了,现在是该怎么做就怎么做。你说我是个好的经纪人,但是你们根本不把我放在眼里,毫不尊重。你的母亲三天两头以这样那样的陌生人名义打电话骚扰我,后来是你姐姐,现在是你,你到底要我怎么做?"我接着说:"我相信你的母亲也有很多的优点,我希望你跟她学习优点,而不是要学习她某些方法,就像你今天,你实际上是为了她退保而打电话给我,而不是真的要跟我买保险。以一个医生的身份,你有必要这么做吗?"那头又说了:"你知道啊,我是很相信保险的,因为我的太太原来也是做保险的,我这次要买一百万啊。"他不提他太太还好,他提了,我这头就想着,他那可怜的太太在40多岁患癌症,不晓得是不是被他那位有个性的母亲和这位如出一辙的丈夫气死的。我很冷静地跟赵医师说:"我总是希望为我的客户做最好的服务,就好像你见我第一面所说的那样,如果跟一个志同道合的人一起做事,是非常愉快的。今天虽然你说你要购买一份一百万的储蓄保险，但是我要在这里拒绝你。因为我所选择的客户，无论他的购买能力是大是小，我希望他是一位愿意接受我，以我为荣，尊重我的人。"

知人善任常扶持

　　一个单位如同一部机器，每一位员工就是一个个部件，无论是装机，还是运转和维护，都需要你知人善任，安排到位，多加照料与运用，才能发挥效用。

　　我对员工期望很高。我招考员工首先考虑基本操守，其中一个要求便是不能斤斤计较。我希望他是个忠于职守、反应灵敏的人。记得我的第一个员工Rona，就是在一个音乐会幕间休息时，我们在女性洗手间相遇的。她满脸笑容，给人印象很好，不久便进入我公司。我很幸运，招至麾下的人，不少能力都非常强。像Sarah，她从香港到美国留学，就在我的办公室打工。旧金山大地震的那天，她一个人在办公室，居然没有被吓跑。她拿到学位后，就移民加拿大，现在已经接管加拿大寿险公司整个西部的业务，也成为我的一个好朋友。我们结伴旅行，当我遇到大事的时候，也非常看重她的意见，因为她了解我的做事原则，也了解保险行业。

　　这些跟随过我的人，每当他们有重大决定的时候，往往都会和我联络，征询我的意见。像 Eric 结婚后搬到美国东部，每次转换工作都征询我的意见。目前，他在美国国税局 IRS 任职，每年都带着太太孩子回来探望我。Jonathan 当年负责我所有的电视拍摄与制作任务。曾经与我返回台湾摄制当时行政院院长连战的专访。他后来回到台湾去创业了。现在已有员工几十位，在台湾和大陆都有业务，也是富士康公司的宣传顾问。每当他事业有所发展或心情不好的时候，都会与我联系。我不敢说我对他们有任何实际的帮助，但对于他们的这种信任，自己感到非常的欣慰。

Bornya 经营的鲤鱼门，现在已成为旧金山湾区最出名的广东餐馆。周末在餐馆外排队的人很多，没有 200 人，也有 100 人。我对于她的成功也引以为荣。当年，她从香港下飞机后，就在我的公司服务，直到她开出第三间餐馆的时候才离开我们。这些年，无论年节生日，她都与我早早约定聚餐，也会经常给我写个小卡片，感谢我"要不是当年 Christine 你的训练，我就没有今天"。到现在她才明白，为什么那个时候我对他们的工作要求是那么高。我想，也许他们在任内的时候，我对他们的要求都很高，也许他们没有人生的经历，没有做过生意，还不明白。可是当他们自己必须面对社会，独立创业的时候，他们肯定能体会到我当年处理事情的道理。

我并不认为，只有跟着我才会成功。作为一个保险经纪助理的最大的成就是什么？如果他们在我公司的工作岗位外能有更高的成就，我当然引以为荣。John 在求学的时候为我开过车，我记得他个性很强。前些日子打电话来，告诉我说他现在做地毯的生意，急需资金周转，想跟我调头寸。我一般不赞成借钱，那天又赶着出门。如果没有任何新的保单，对保险经纪来说就是没什么现金。可是我想到，这么一个要强的男孩子开口，一定是走投无路，于是自己量力而为，对他帮上一把。

上海来的 A 跟了我 10 年，和我年纪差不多，非常能干，适应能力强。我们在餐馆认识，那个时候我总是一个人晚上找个小餐馆，急着吃了饭回家。她问我有什么工作可以做，当时我只需要一个司机。她就从短期工开始，她的先生和儿子都惊讶我敢坐她开的车。我当然知道她开得不好，可是为了表示信任她，我真的是咬着牙坐上车的，还不停地祷告。A 是个有点任性的上海女孩。我记得在我忙的时候，让她早上七点半来我家。她说那么早起不来，我很失望，也很难过。但是我不想勉强她，就自己早上开车出去，还好那时我已经学会开车了。我对员工与客户一样，不轻易放弃，尽量给对方和自己机会。我把 A 从一个不大认识英文、不知道电脑的女孩，教到足以应对并通过美国公民英文考试，也能将客户的资讯储存到电脑里，并准备所有的预估资料。这也证明因语言关而产生的问题，是可以用制度、方法去弥补与解决的，而个人的态度就要看自己的修为。

Bonnie 现在是我公司的骨干。她虽不是很聪明，但有耐性。很多人说我可以用最简易的方式去管理公司。不错，因为我有设计得很好的用户电脑资料库，可以用简易的方法来操作。再加上十多年访问全世界顶尖的企业家，酝酿出一套管理哲学，所以 4 000 多个客户，我们可以驾轻就熟。

Hung 是我信任的私人助理。他虽年轻，但做事用心负责，把公司和我私人的一些杂事都能很贴心地安排妥当。我重用人才，贵精不贵多，他们把个人的优点与能力展现出来，得心应手。即使哪位员工离开了工作岗位，也与我多年从事保险的方式一样，大家仍保持良好的联络互动，彼此在不同的岗位上扶持并提升。

异曲同工攀高峰

　　行行出状元，一个人成功绝非偶然。顾芳蓁女士成为美国奥林匹克金牌射击选手，令体育界为之侧目。顾女士这位年逾花甲的祖母级华裔女性，外表纤细，穿起旗袍来，可谓柔情万种。谁也想不到，她拿起枪来是百发百中。当年，她像许多有钱有闲的阔太太一样，要找一项休闲活动，没想到竟然爱上了射击运动，也居然成为全球射击冠军。

　　我记得很清楚，她在接受我电视访问时说，每一次射击取得成功，不只是技术练得好，还包括万无一失的准备。上场时要聚精会神，不到最后关头决不轻言放弃。我扪心自问，这与我做保险的原则不是一致的吗！从那次电视访问后，我和顾女士成了莫逆之交。我知道，她每次在参赛前，都要到实地勘察，并练习射击，以便熟悉环境。其实，这跟我们在做保险前，每次都要事先演练有异曲同工之妙。记得"9.11"事件那天，她也在外地打靶练枪，后来拆了枪打包搭机回家，非常不容易。这些年来，除了庞大的子弹开销，她飞欧洲、澳洲各地练习,她说得到的奖金还不够她的这些花费。我也在想,自己若是每笔钱都在计较花费,保险事业恐怕也维持不到今日。

顾女士告诉我,她的竞赛对手通常都比她小 30 岁。然而,她不但有惊人的体力,还有惊人的定力。她说,当她上场比赛,真的是四大皆空,心无旁骛,因为任何一个杂念都会影响成绩,只要一点点偏差,就无法射中。三天比赛下来,可能前两天战绩平平,而第三天扭转乾坤。这也像我这些年做保险,每个重大项目,就如同身临其境上战场,一场"大仗"下来,身心疲惫,因为我全力以赴,调动所有的经验,集中精力,一鼓作气,发射出去。

顾女士介绍,知己知彼,百战不殆。事先了解对手,有助于自己的准备。很多时候,德国选手和澳洲选手的强劲实力,反而激励她努力成功。听她所言,我也感同身受。我常常鼓励自己,将同行的竞争视作对自己的磨砺,努力扭转局面,迈向成功。

虽说是隔行如隔山,但每一个行业的精英,其成功秘诀似乎都有异曲同工之妙。

助人为乐不懈怠

似乎愈来愈清楚，我留在保险这个行业，不只是为了自己，而是为那些需要我的人。就觉得我活着也不只是为自己，而是为我在这世上的使命而活。

陈润吾老夫妇原是香港大新银行东家。老两口很有爱心，早早成立基金会，找专人撰写医疗书籍，每年出版一册，免费赠阅，帮助无数有需要的人。陈老先生当年时时奔波在港台、美国和加拿大之间。如今，两位已年届 90 高龄，不宜远洋飞行，最多往返美国旧金山女儿处和加拿大温哥华儿子家。陈氏独女是湾区有名的律师，但陈老慧眼找上我，要我推荐律师办理遗产信托。我不仅陪同见律师，记笔记，还负责接送。提到保险，二老毫无表情，但这不会改变我希望他们把信托办好的决心，也不会改变见到他们儿女时只字不提的专业做法。

他们的女儿正好是湾区著名食品连锁店的代表律师，也正因如此，我了解到她对遗产法和商业法并不清楚。食品店的高氏多次来电询问有关问题,我都再三提醒,请与你们的律师与会计师确定答案,那是他们的专业领域。可是,对方再三强调,问我才放心。我虽啼笑皆非,但更认识到掌握正确和最新知识的重要性。

杨氏夫妇是另一个活生生的实例。那不讲理的杨太太被我们公司列入黑名单,也就是停止往来的客户。但我看到她的保单上,拥有人和受益人全部填写错误,后果不堪设想,跟她解释不清不说,跟别人也讲不清楚,只好每一步我都亲手做,包括一次次跑她的信托管理人处签名,寄表格到上海签名等。看到事情处理不当,不及时纠正,那就不是我的性格。

宋太太来电告知,她母亲去世了,老人家有一份在我入行前买的保险,宋父是受益人。然而,宋父过世多年,宋太太的儿子是拥有人,可他在中国。宋太太不知如何办理理赔。我不知缘由,如同瞎子摸象,须在半夜与在中国的宋太太的儿子通电话,向他要外公外婆的死亡证明等文件。等文件拿齐,才发现受益人竟是宋太太的侄子。

这些虽然不是保险生意的业务,但可以让我每天忙个不停,感到居然有那么多人需要帮助、服务,也感受到自己工作的重要性,必须不断努力,千万不可懈怠。

励精图治事竟成

通常，我在做每一个电视访问前，都会要求与被采访者见面，对他们有个了解，再策划访问的主题，准备对话时的提问。很多人不知道也无法想象，我就是这样逼自己学习广东话，并且练到可以在一小时以上的采访中对答如流。那时候，我连一句广东话都不会，要求教广东话的王长老和李弟兄一个字一个字地教我，然后回家一遍遍地背下来。开始阶段，若遇到使用广东话的采访，我只能生硬地提问，无法对话。如今，我当然是从容对答，应付自如。

除了准备节目内容，基金会的所有费用还得自己张罗，服装、背景等也需我自理。好在我从事保险业务积累了相关经验，训练有素。我永远在与客户见面前心中演练，并注重见什么背景的客户，穿着怎样得体的服饰。

刘文采就是我的访问对象之一，而且有机会事前见面。她是一位非常成功的房地产投资专家，也是虔诚的基督徒。在我们初次见面的对话中，这位穿着出色高雅的刘女士不停地谈到，如果神告诉她这笔生意可以做，她做了就会赚大钱；否则，她自己去买了就会赔大钱。我疑惑，神怎么对她说，她怎么可能听到神的声音？几年后，我才体会到这一点，其实这表示她非常虔诚，与神亲近，自然会了解到神要她做什么，不要她做什么。就像我们与某人常在一起，自然了解他的喜恶。我们如果常与客户接近，用心交往，他们的心意没有不能了解的，道理就这样简单。

我的好友周明已年过 60，在 IBM 干了多年后退休，又转到 HP 做事，都是赫赫有名的大科技公司，平均每年发表七项专利，到世界各地巡回演讲。我们每次朋友聚会，她还带着书包做功课。2005 年 GEOGLE 上市，要把她这个人才挖过去。朋友们还说笑，周明若从 HP 去 GEOGLE，我们就抛 HP 的股票而投资 GEOGLE 的股票，周明若不是行业中的翘楚，若没有能耐，在这竞争激烈的时代，谁会把这位年逾花甲的祖母请过去？

从周明身上，我体会到，凡事若能用心去做，在专业上领导群体，立于时代潮头，依然可以在后起之秀的包围当中生存、发展下去。

第五章 以人为镜

德照后人常青树

在保险行销这个领域，大多数能够立足的人都有一个特色，除了拥有一片赤诚，还能够无私奉献，把自己宝贵的智慧与经验传承下去，嘉惠后进，发挥"前人种树后人乘凉"的精神。

1993年，公司在罗马召开精英会议，表彰业绩排名前300位的保险经纪人。出席的有老中青三代，盛况空前。当年，我跻身全美国公司第二名，应邀出席盛会，感触良多，更为自己所从事的工作感到骄傲。

有两位前辈令我印象深刻，感动不已。这两位前辈从事保险行销工作数十年如一日，业绩经常名列前茅。因为在此行，大家都知道，有昙花一现的明星，也有永远都不能出头的，能够长期保持高水准的实属凤毛麟角。两位老人家Silver和Frank就是为数不多的精英。他们两位参加任何活动都不倚老卖老，不要求任何特别待遇，吃住行娱乐都与后辈平起平坐，平易近人。

　　那次有幸在会后参观罗马大教堂、博物馆等名胜古迹，因为都是古老的建筑，自然没有现代化的电梯设施，全程参观都需要步行，走楼梯的部分也相当的多。走到其中一段，国庆看到两位前辈走在前面，上前致意："您要不要休息一下，爬楼梯很累吧?"两位老人家提起精神，大声地回答说："不了，我们还要赶上前面那一组，不要让他们等太久，不好意思。"望着他们的背影，国庆心情激动，深深体会出他们之所以能在这个行业历久不衰的道理。他们付出了青春岁月和很多心血，凡事非常认真，而且注重团队精神，虽然年事已高却不愿掉队，为年轻人树立了榜样。他们不卑不亢、力争上游，对自己的工作不敢有丝毫怠慢，而以一颗谦虚、虔诚之心来对待周围的人和事，更是令人从心底肃然起敬，也使国庆深受感染。不仅如此，他们还绞尽脑汁，想把逾半个世纪的所知所学所累积的经验，一点一滴地传递给新一代的伙伴。

　　如今，Silver 的衣钵已传承给他的侄儿 Alan，Frank 则以在好莱坞明星中展业著称。如今虽然两位老人家皆离世而去，但他们所作的表率不只为国庆在此行业立下根基；他们所作的奉献，也为保险业立下典范。

行得春风有夏雨

销售达到一个层次，犹如行云流水，可以说是看不清对方招式，就已到达结果。产生这样一个理念，得益于一个按摩师傅。大家都说，脚底按摩在国内是非常保健又花费不多的享受。住在上海的金茂大厦，随意走进里面的"和中堂"。第一次去，来了一位男师傅，我当场愣在那里，完全没有心理准备。我平日在美国家中，每周都有一位女师傅来为我理疗。当时觉得不便拒绝这位男师傅，只好埋头研读自己的文稿。这位自称是扬州人的赵师傅不知是窥出我的心思，还是有他自己设计的开场白。他说，在国内，通常女性客人都由男性师傅来服务，讲的是阴阳调和。这是他给我的第一个销售重点。接着，他又跟我说，你如果会来这里五次以上，不妨考虑购买一个优惠卡，可以打七折，但是你需要预付1 000元人民币。他的言辞非常简洁而重点清楚，针对性很强，说过一遍不重复也不啰嗦。我只记得清朝的大贪官和珅，官至中堂，而这家足疗店取什么店名不好，偏偏要取"和中堂"这样的名字。于是我问赵师傅，"和中堂"三个字何意，他解释说是和和气气，中规中矩，堂堂正正。我不知道那是他编得好，还是老板的本意。

因为平日经常接受按摩，所以赵师傅一落手就马上可以判断他极有经验，确实有中医的根底，知道血脉。在我第一次离开的时候，我也就接受了赵师傅的建议，购买了一张会员卡。之后，我去"和中堂"都请 61 号赵师傅为我服务。赵师傅每一次虽不多言，但是说话简洁有重点。知道我人生地不熟，要找合适的餐馆用膳，不但路要近，而且又能代表上海特色。他就介绍我去浦东的"苏浙汇"餐馆，并且再次对我说，因为知道我的时间安排得很紧，若是在他休息的时间可以先通知前台，给他 15 分钟提前量，他可以从宿舍赶过来为我服务。我知道他们都是工薪阶层而且薪水也不高，对于这样的服务我非常感谢。还有一次我去的时候，他正在为别人服务，我也领会到同样在"和中堂"做事，不同的师傅不同的手艺，相差如此悬殊。有一次，我与朋友一同前往，他非常认真地交代他的同事有哪几个注意的地方，这些点点滴滴都让我体会到，虽然只是一个足疗的师傅，但是他的服务可以让客户的感受如此的不同。我甚至认为如果我搬离金茂，要去"和中堂"就会非常不便，所以我宁愿每天花费 2 600 元人民币支付金茂大厦君悦大酒店的费用，却只是为了每次 60 元左右的"和中堂"足疗服务。

由此，我完全相信，作为一个专业人士，只要把工作做好，不管是在哪一个行业，一样可以赢得客户的尊重和信赖，而且他那到位的服务，还会让客户不愿舍他而去，尽管因此会花费更多的消费金额。这就是优质服务的魅力。

以人为镜仰楷模

榜样的力量是无穷的。艺无止境，一代代的保险精英是我们后来者的楷模。他们的专业精神、从业经验、为人之道，都是业界宝贵的精神财富，激励我们勇攀高峰。

在我记忆中，有几位保险界的前辈对我影响很大。譬如"保险教父"班·费尔德曼。我记得一入行，就看到他写的东西："一张白纸，几滴墨水，一点小钱，就可以让我们的人生更为丰富"。班还有一句名言：如果保险那么容易了解，那我们这一群保险从业人员就没有那么大的存在价值了。我很幸运，跟班在同一个保险公司。我并不记得自己曾问过他什么特别的问题，但是我对他的专业精神是非常敬仰的。公司里面排有各种训练课程，常常是上午、下午安排同样的内容，按照我们的英文名字先后参加。这样，大家不必挤在一堂课上。我们特别想要学的内容，往往要去听两遍。在班80高龄的时候，他仍然早上也坐在那儿，下午也坐在那儿，他说"我听两遍是因为我学得慢"，而我觉得他是孜孜不倦。

梅迪是大都会公司所谓的国宝,也为业界所推崇,尤其在亚洲从事保险业的可谓无人不知,无人不晓。梅迪也到 80 高龄了,他仍然会坚持每年出现在 MDRT 的会议上。只要他出现,就算什么也不说,对他人也是一种鼓励。我记得我出第一本书《平凡中的不平凡》时,就是他写的序。梅迪非常谦虚,他自己用普通的打字机打了一篇序文给我。我觉得一个真正优秀的保险代理无需任何装饰,真正发光的还是他做事的原则。

新加坡的陈明利,不只是我的好友,也是我欣赏的保险专家。她幼年在台湾是影视两栖明星,精通国语。她小小年纪就要赚钱养家,后来嫁到新加坡,因为夫君投资有债务,所以她自己出来从事保险业。她真的是用心去对待别人,我记得在新加坡她自己有私人轿车,她每每都让司机把车子停得远远的,自己走路过去见客户,而不想让车子给客户造成任何的压力。在任何机构,她都跟工作人员打成一片,从进门接电话的到老板的贴身助理最后都成为她的好友,所以她通行无阻。我到新加坡作电视采访的时候,就住在她家。她细心地带着花旗参茶来探班,我们一起携手到拉斯维加斯旅行,几天快乐的时光至今难忘。记得那个时候,我买了一个男娃娃玩具送给她,她回新加坡不久就领养了个男孩,一家和乐。最近听说她转行做传销,我深信她不论做哪一行都会成功,因为她都是用"心"去做的。

Sam Freeman 是一个犹太人,当初在纽约找工作的时候,连套西装都没有,甚至连纽约的帝国大厦都不知道在哪里。

现在他已成为美国纽约人寿的王牌。公司为了他，注重犹太人的习俗，每次开会不但要特别注意避开他们禁忌的日子，还要为他们准备犹太餐。他也有很多动人的小故事，譬如有一次，他去拜访一个客户，客人还在忙，没有时间跟他交谈，但要他到隔壁工厂去借一点咖啡奶精。当时年收入逾百万的 Sam 非常谦和，跑到隔壁的工厂去借奶精，他竟然将隔壁的工厂发展成他的客户。他的成功不是偶然的，他虽然出身贫寒，但是对于市场的嗅觉非常敏锐。战争发生，他查询哪家工厂专门制造军人制服，他就将这家厂商也发展成他的大客户。Sam 喜欢问准客户两个问题，如果准客户说，他已经买了保险两年以上，Sam 就会问："你的保险经纪有没有每年为你做审核？"如果对方说他刚刚才买，Sam 就会问："你愿不愿意像看医生一样，听听第二位专家的意见？"

上个月到 GREEN BRAVE 参加公司的年度会议，这是公司里每一年最高销售业绩的会议。就像所有的保险公司一样，每年召集辛苦的业务人员到不同的地方旅行，美其名曰旅行，其实是集中培训，把公司的方向跟最新的产品都灌输到每一位业务代表的心中。我又看到了我尊敬的 Reed W. Brinton，想起他的一句名言"死无对时"。他今年已 90 高龄，笑容满面，健步如飞。他让我看到了未来，做这行是何等的喜悦，而且永不退休。

相知相伴同成长

客户不仅是行销的对象，也可以成为互敬互爱的朋友。客户成功的创业经验和丰富的人生阅历，同样可以成为行销人员宝贵的精神财富。在借鉴、交流中，勉励自己不能落伍，要跟上时代发展的节奏和成功者的步伐，同时要提升服务水平，为不断进步的客户提供更具水准的服务。那么，行销人员也在茁壮成长。

YAHOO的杨志远就是一个最好的例子。他的成功非一日之寒。我知道他的时候，是单身母亲在照顾他，家中的车房成了他开展业务的摇篮。他的办公室与他的合伙人David一样，满地都是可口可乐的瓶子，脱下来的袜子，忘了拿回家的T恤和鞋子，还有一些零食的袋子。如今他已经是举世闻名的电脑界巨子。杨志远的日本妻子喜欢简单的生活，完全不参与杨的事业而默默地扮演着普通工程师的角色。就像台湾的马英九一样，妻子完全不参与丈夫的事业，而妻子在自己的事业上非常的成功。我也经常地鼓励自己，作为女性不可以落后，这样才有资格为这样的国际性成功人士提供服务。

认识李广益的时候，他的第一家公司才开张。他是一位年轻有为的自己创业的企业家，非常谦和，人也长得很帅。记得还是他的员工向我推荐的，说这个好老板，不仅处处为客户着想，也处处为员工着想。他聘请往日的同窗到自己的公司，但公司的福利规定要工作一年以后才能有寿险保障，他竟然要求把自己的一半福利转送给这位同窗。我每次见到他与太太 Angela，都有一种如沐春风的感觉。在过去，我与他提起高科技的一些名人，像李信麟夫妇，广益都是竖起大拇指，非常推崇，称李信麟可谓硅谷的第一家庭，是创业的前辈，但是无缘结识。我记得第一次介绍他们认识的时候，广益还显得有些腼腆。广益卖掉了第一家 DIGICON，又开始了第二家公司，第二家公司在短短的一年时间里却被大名鼎鼎的 CISCO 收购，而上了头条新闻。如今广益已经成为李信麟的合伙人，与新浪网的创始人之一沙正治一起在硅谷组创公司。

Peter 与范燕也是我欣赏的一对，我与他们的认识更为传奇。曾几何时，很多华侨回到祖国选择新娘，国内很多亲友忙于介绍，从回家的第一餐一直到上飞机，每一天的三餐都约见优秀的女孩子。Peter 经过近 30 次的相亲，在临上飞机前最后见面的就是这个范燕，如今成为他的妻子。范燕不仅相貌甜美而且贤慧。Peter 的父亲是美国福建同乡会的会长，心系祖国，传统思想根深蒂固。当年，范燕想回福州老家探望父母，公公不放心她一个人带着孙子回去，先生 Peter 又没有时间陪她。老人几次和我提起，我刚好有同事要去香港，可以照顾范燕母子。当听说那是位男同事时，老人认为同行不便。于是，我亲自陪着范燕母子飞到香港，由祖父母来接。三个月后，我又由美国飞上海转机到福州，将范燕与儿子 Eric 接回。那也是我第一次到中国大陆。时至今日，范燕还常常笑我哪里有时间照顾她，在整个飞行过程中，我都在睡觉。我想那是范燕不知道我有多忙多累。

Peter 夫妻脚踏实地。Peter 接下父亲花田的生意，每天以种植菊花为业。范燕就在家里照顾两个孩子，他们的花田生意经过规划，做得很红火，现今他们已在山上购买豪华别墅。看到他们的成功，我非常的欣慰。

我有各行各业不同背景的客户，看到大家在自己的领域里努力有所成就，不但为他们骄傲，也激励自己在行业内力争上游，更要求自己不断提升服务水准，能与这些客户并行，为他们提供更好的服务。

身残志坚心高远

在保险行业中所得到的,不仅是在业务上直接的满足感,就是没有业务,也得到了很多对我生活有意义的影响。

张士柏算是我的忘年之交。认识他的时候,他才 17 岁。他的父亲张东平上门来找我办理寿险。张东平夫妇和士柏的弟妹都申请到了保险,唯独士柏不够条件。士柏在 14 岁那年,参加校游泳队,一次跳水到池底的时候伤了脊椎,从此半身不遂,需在轮椅中度过余生。我了解到另一位客户杨先生夫妇的儿子也有类似的情况,但经过朱氏头皮针的治疗,已完全康复。我把朱医师介绍给了士柏,但不见有任何的效用。士柏是一个非常特别的孩子,我在他身上所学到的超过我自己能够想象的。他读书非常勤奋,高中以总统荣誉奖毕业,保送斯坦福大学,一直在斯坦福修完经济学博士的课程。人们难以想象的是,在我们日常生活中一个简单的动作,每天刷牙洗脸的程序,都是士柏每一天要经历的挑战。不管是早晨起床或夜晚上床,他都要经过很长的时间才能把自己从轮椅中转移到床上,一个刷牙的动作可能就要花去几十分钟。我看他握着特殊的笔,其实是靠他的意志力驱动那支笔;用特别处理的羹匙吃饭。身体的残疾和活动的困难并没有打倒他,他现在甚至还自己开车上班,当然那辆车子都是有特别设备的。

令人感动的是,他把受伤所得到的保险赔偿金20万美元,全数捐给他祖父的老家宁波。他的祖父张敏钰为台湾嘉兴水泥的创办人,是台湾当代有名的企业家。士柏捐赠的20万美元作为伤残老师与学生的奖学金。因为他认为,这些老师和学生比他更需要这笔钱,而他自己可以去努力赚钱养活自己。我与《世界日报》的主笔、采访部主任刘晓丽应邀到宁波观礼。记得奖学金颁奖典礼的那一天,数以百计的师生夹道欢迎他们心目中的英雄——张士柏。然后,他们整齐地排队入场。这一幕幕情景记忆犹新。

我与士柏交情匪浅,经常保持联络。我陪他在北京拜会人大副委员长钱伟长教授。当邓朴方先生带领一个残障代表团在旧金山演出的时候,我邀请他们一家去见邓先生,相信他们有很多共同的语言。张先生夫妇对士柏期望很大,不时有不同的创意,包括在国内有士柏的电台节目,在硅谷创办公司,每每都把我包括在内,让我与有荣焉。而家庭的活动、孩子的毕业典礼,我也受到他们全家的邀请。值得一提的是,他的母亲刘黎芬系出名门,也是欧豪年大师名下的嫡传弟子。士柏的姐姐张士梅小小年纪已是一个有名的作家,从小在美国长大,居然以中文写了一本书《美国护照中国心》。弟弟士杰总是那么的憨厚。记得士柏早年伤残时，父母回到国内到处奔走，希望能够找到良医良药，于是家中三个尚小的儿女便彼此照顾。很多时候，士柏的活动都落在弟弟士杰的身上，他要帮忙抱，移动，背……

士柏在我从事保险业20周年的会上，用浑厚的声音朗读发自肺腑的文章，来描述我跟他之间的友情。他称我为良师益友。我认为他虽年纪小我这么多，在很多地方他才是我的老师。记得他说过："也许在我的生命当中，99件事我都做不到。但是我可以把那唯一能做到的事做到尽善尽美。"

世界舞台任我翔

15 年制作电视专题节目，不仅使我开阔了眼界，有机会学习成功人士的人生经验，增强自信心，提升了个人知名度，而且也成为我为社会为世人做点奉献的世界舞台。

初到美国读研究生的时候，就好像只是有个生命的人坐在那里，从来都不会发问。对于台上老师所说的、同学们所提出来的疑问，我也是一知半解。因为语言的关系，我显得非常害羞。在做保险的起步阶段，我只是选择一对一或者与夫妻俩交谈。后来，通过勤奋努力，在短短的时间内，我已经刷新了公司与保险业的纪录，频频受到媒体的专访。那时候，华人的电视节目在美国方兴未艾，资深记者詹玉麟向当时的中华电视总经理黄雅个推荐我，于是我开始制作五分钟的专题节目。我的牧师寇世远建议我不要在这个节目里谈保险或理财，而是去访问一些成功的人物，将他们的故事作为新移民的典范。

开始的时候，我真的是摸不着门路。Soliman 蔡的家族是首次在旧金山"上海滩"的前面买下几条街的华人,蔡父当年也是新闻业出身,现在已成为跨国的大企业家。他总是赞赏我的节目独具风格,甚至认为我的文采好。我倒觉得非常惭愧,我在台湾的成长过程中,中文的基础还没打好就移民美国。但我可以肯定地说,从事电视节目就像我从事保险一样,尽心尽力尽意。我每周平均要花上 23 至 28 个小时,因为被采访者都是国家领袖、业界代表、各行各业的精英人士,几乎每一位都由我本人联系。只要对方许可,我一定在录像前约定亲自拜访,一方面作了解,也做资料准备,以便列出所有需要讨论的问题,永远做充分的准备,而且熟记每一个问题,一直到采访后的联系,都由我本人亲自处理。大部分上过我节目的嘉宾至今都保持联系,节目从未间断。

十多年来,这个"林国庆时间"的专题节目,由 5 分钟延长至 15 分钟,最后到 30 分钟,每周一次,从旧金山当地扩展到加州,甚至全美。目前涉及全世界 140 多个国家,访问的对象也由华裔发展到亚裔,到各色人种。我从开始录像时每次要求清场,到如今已经可以在任何场合信手拈来主题,立刻摄录。自己设立了一个不谋利的基金会"WHO'S WHO ON TV",将保险所得不只购买昂贵的摄影与制作器材,同时培养专门的摄影与制作人才,以求达到最好的效果。

这些年来,从政界的国家领导人,到企业界的掌门人,举世闻名的艺术家,诺贝尔奖的得主,宗教家和科学家等等,都在我的节目中侃侃而谈。因此,我有机会去很多的地方。我曾经有过遗憾,因为我没有接受前苏联戈尔巴乔夫的邀请去莫斯科,觉得前苏联当时还不是一个非常安全的地方。说实在的,若不是这档电视节目,我可能不会有机会住到北京钓鱼台,出入中南海;到过英国的白金汉宫与美国的白宫。也因为这些机缘,建立了我的自信心,更体会到人间的冷暖,同时更了解一些成功人士的思维。

我没有直接向各行各业的领头人推销过保险,但从他们身上体会到的人生经验,很自然地运用在保险领域,也提升了我的客户群。相对而言,当年入保险业所必需的一些行销习惯,会帮助我去做很多的采访。我不是新闻专业人员,有些重要人物我是采访不到的,就好比说当我知道戈尔巴乔夫来到美国,住在旧金山大旅社,我在他会议之前打电话到他的房间,他因为听不懂我的语言,只好找秘书来跟我说话,我因此结识了这位前苏联乃至世界的风云人物。我以同样的方式得知布什总统将在一个高科技的公司演讲,就带着摄影师飞到了新奥尔良。演讲完毕,我直接到台前约见。各位恐怕不难想象,有多少安全人员挡驾,所幸我每一次都能冲破群围,完成艰苦的任务。当然,在不知道能否访问成功时,就像买保险不知道成与否,我都做了万全的准备。我已经研读了所有可能需要的资料,不只是布什本人,还有该高科技公司 COMPUTER ASSOCIATE 老总的资料与该公司的咨询,也准备了所有将要提出的问题,不至于临场不知所措。

当然,采访会发生许多意外情况。当摄影小组来到辜正甫先生的家门口时,他的保安说他已经出门去了。我拨电话到辜先生的家里才得知,辜府也与其他的名人一样,都用各种方式来阻挡外来的打扰,保安并不知道辜先生本人与我有约。有一次到印度采访,也是危机重重。当我们到达印度的时候,当地的旅行社要求我们把昂贵的全程旅社与机票的费用,全数以现金付清。这对我们在美国一直以信用卡付款的人来说,真的很难接受。虽然现金带够,但不敢全数给他,而旅行社居然要挟把已上车的两位摄影师丢到山崖下去,同时取消飞机的定位。我在海拔 8 000 尺的地方,真是依靠自己的信仰与毅力来度过的。

还有一次,我带队到菲律宾访问当时亚洲最富有的华人郑周敏,住在他庞大的别墅里,见到那儿从早到晚人来人往。最不可思议的是我随着他的车队出去,两边都有保镖拿着机关枪,司机的右脚边也放着一挺机关枪,似乎准备随时拿出来扫射。当时这位富商频频谦让我坐在主车里,而他自己却坐在前面的保镖车里。事后朋友告诉我,他的谦让其实是让我坐在所有绑架者目标最集中的地方。如今,这位富翁因肾病离我们而去,但这段经历,我一生难忘。

我曾经造访举世闻名的神探李昌钰的实验室,李博士不但判案准确,而且非常幽默。记得李博士曾说,这世上没有判不了的案,只是要不要去判案。当年因为克林顿与莱温斯基性丑闻的事件,几乎所有的媒体都集中在他家的门前。他又不得不出去办事,在大门口,那些外国记者问道:"你就是Doctor Li 吗?"他说:"我不是,我只不过是 David。"那些不认识他的外国记者竟然放他走了。李博士曾送给我一个荣誉警察徽章,每一次要专访李博士都畅行无阻。他客气地说:

世界舞台任我翔

"因为我们是朋友嘛。"我们还在一起谈到将来要把他的神探经历写成故事，拍成电视连续剧呢。

15 年的电视经验，在今年告一段落。因为看到几乎每个台都有专访的节目，我感觉实在不需要继续做锦上添花的事情。我在寻找其他的题材，而仍然愿意在别人的生命与生活中，作盐作光。

长江后浪推前浪

　　每一年，都能欣喜地看到优秀的保险经纪出现在业界，不论是在 MDRT 的会议上结识，或听别人提到，我都由衷地为这些后起之秀喝彩，觉得后继有人。我们所喜悦的并不是因为他们的业绩有多么的高，而是希望有更多的优秀人才，具有传教士般的奉献精神，将保险的真谛带到每一个家庭与社会每一个角落，将这个行业能够传承下去，发扬光大。

　　目前，在国内也涌现了一批非常优秀的保险经纪。譬如中国人寿的刘朝霞女士，我真是佩服她。除了自己的保险业务外，她还成立了一个客户俱乐部，提供客户周边的福利，如住宾馆打折啊，还有客户的通讯杂志。听说她先生在这方面给她很多帮助，相信朝霞一定看到这一点。

　　另一位我所欣赏的人是骞宏。骞宏原来是深圳平安公司的当家经纪人，后来转到泰康人寿发展。原本，他说代表我去和泰康老总陈东升谈，希望我能够来到国内交流，贡献我在保险方面的经验。骞宏说，很多年前，他在海南炒房地产破产了,深刻体会到做生意的不容易,进入保险业更要发奋图强。他还阅读了不少名人传记,参加了 MDRT,学习和了解寿险的真正意义与价值。从事寿险并不是做买卖,而是去帮助人,当你帮助了别人,自己也有了业绩。我和骞宏是在百万经纪顶尖会议上相识的,说来也巧,我们比邻而坐。骞宏颇具中国绅士的风度,对会员,尤其是华裔女性会员,照顾得很周到,很细腻。我们同宗同业,一见如故。当时,骞宏的英语还不够熟练和流畅,尽管秘书事先为他准备了大量的资料,但当场听讲还有些费劲。我看在眼里,不动声色地把一些他难以全面理解的内容,笔译成中文,递纸条给他,他投来感激的目光。会场内外,我们蛮投缘的,像一对重逢的老朋友。我也很感慨,我们都流着炎黄子孙的血液,无论是在国内还是国外,无论是在天涯还是海角,炎黄子孙彼此帮助,互相扶持,生生不息。这就是我们中华民族的优良传统之一。骞宏每周在全国各地讲课,据他说,每堂课都采用我做保险的三个重点与学员分享。那就是每一次在见客户之前,我都会思考三个问题:"他为什么要买? 他为什么要向我买? 他为什么今天要向我买?"若是这三个问题不能够回答,客人今天也就不会买。这可以说是我从业体会中的精华,而骞宏不但自己用,也在全国与他人分享。骞宏俨然是一位对金融、保险、财务颇有研究的学者,他在招商银行演讲、授课,银行的工作人员都是他的学生,不消说招商银行的客户也是他的客户。据他介绍,当他需要业绩的时候,可以在短短的一个月内集齐近 100 万元人民币的业绩。我想这在国内是非常不容易的。我也非常感谢骞宏，我每次回国他都热情接待，就算他本人没空，也会请师傅带我去周边参观，还请助手准备蜂蜜与水果给我送来，非常细心。可想而知他对自己的客户是何等的用心。

2004 年，在美国 MDRT 年会上，我第一次见到钱雪松。她是中国内地海尔纽约人寿第一个被派出的特别代表。进入保险业前，年仅 25 岁的她，已是中国东方航空公司最年轻的主管级空勤人员，后在东航工作多年。2005 年我见到雪松的时候，她已拥有 100 个客户，每天早晚忙个不停，每一位见到她的人都会留有深刻的印象。由于她曾为空勤人员，服务在头等舱，接触过不少国内外各界政要及商贾名人，所以她对于服务大客户有绝对的信心，也相信她日后在业内一定会大放异彩。

2005 年 MDRT 在纽奥良举行，泰康人寿的营销部总督导王勇随团参加。这次我在北京见到王勇，他特别提到，当他回到出生地成都，告诉那些业务人员，不要说你做了多少单生意，而是要说你帮助了多少个家庭。

陈品文夫妇的保险业绩在台湾是最高的。两位虽然学历不高，但是已对保险悟出道理。虽然他们所代表的中国人寿并不是台湾业界最大的公司，但由于客户对他们的信任，客户队伍在不断壮大。值得一提的是，除了生活费，品文与夫君吴进旺将自己的佣金收入都投资在中国人寿。当一位代理人把自己的钱都投资在自己代理的产品当中，相信那是对于产品最好的销售方法。

美国当代也有很多非常成功的经纪,如 Lloyd Wilson,他有三个有名的问题,当他遇到准客户已拥有保险,他就会请准客户考虑三个问题:"你已经有什么?""你想要有什么?""你应该有什么?"

商海无涯勤为岸

　　干事业,不仅需要娴熟的专业技能,而且还要勇于开拓,勤于实践,一步步迈向成功。通常,成功的人总是会找到并实践有效的方法。

　　公司经理希望我能帮助、扶持年轻的保险经纪,提升他们的业绩,从而达到 MDRT 的资格。来到我面前的 K 是一位非常漂亮、吸引人的中国东北女孩。我听她的经理人说,因为 K 的女儿还小又在国内,她一年要回国一两次,因而不能专心做业绩。我是每个月都要不停地飞到各地,经验证明,一年当中飞一两次仍然可以排出时间来做业绩的。我答应帮忙,就赶在出门前和 K 的经理人约好和 K 面谈的时间。谁知 K 的女儿正好来美国度假,K 想改时间,但 K 的经理认为我如此忙碌,愿意安排见面,不可错失良机。当我准时到达的时候,K 的经理人说,K 临时打来电话,说身体不适,所以今天不能来。这让我想起和 K 的第一次见面,在整个会议期间,她不停地在我身边打转,不停地问我有什么绝招,一定要教教她。当我出门回来，又和 K 约好了时间，想从 K 如何与客户电话联系入手，了解 K 的作业状况。一见到她，我就问，要通过电话与客户联络，是否准备了相应的资料？她说没有。我对她说："怕你没做准备，我准备了，以免浪费时间。"我掏出了一张中文报纸的特别名录，是刚刚选出来的所有华人小型商业的得奖名单，上面有不同行业的电话和地址。其实，K 已在保险行业里工作五年了，我坐在她旁边陪着她打电话，K 是个天生的销售人才，拿起电话来，谈话自若，声音的掌握也非常好。我的手机响了，我到室外去接电话，等我回来时，发现她毫无进展，一定要我坐在她旁边，她才继续下去。我的手机不断响起，她也觉察到我如此忙碌，但每一次我出去接电话回来，她不是毫无进展，就是在翻阅报纸新闻。接着，她跟我说："我五点钟有个约会。"我惊讶地问她："不是原来说你今天下午没事的吗？"我又问她为什么不从明天开始约见客户。她说："因为我明天要去跟人吃中饭，饭后时间太晚了。"我说那么后天呢？她说："后天我要去公司一趟，就不再开车过来了，停车不方便。"听她这一番解释，觉得她花在工作上的时间并不多。我们在公司里泡了三个小时，她约了两个客户，时间也算没有白花。我看她心神不定，就说："这不是为了我而是为了你，如果你不想做，你就不需要在我的面前打电话，但是我真的没什么诀窍可教你，这些都是最基本的工作。"此后 K 在我不停地督促下，从十月初到年底，居然做到了 MDRT 会员的业绩。

类似的事情也发生在另外一个保险经纪 C 的身上。经理人要求他在我出门的时候，为我的一些客户提供服务。他只报告哪个客户要取消保险，也不去和客户当面交流。最令人生气的是，客户打电话来，他一个星期都不回电话。我不明白连这些基本工作都不做的保险经纪，整天在问别人为什么会成功，有什么用呢？我想，能把基本工作调整好，做到位，出效果，就算排不上顶尖，也不会相差太远。

在工作上，很多人的从业态度也是一样存在问题。永远的懒散，不尽力，处处找理由，而不为别人设身处地的去想。我认为这不只是专业知识技能的问题，而应该调整本身的做事态度，才能够在销售行业中生存下来。

商海无涯勤为岸

财迷心窍入歧途

　　堂堂正正地做人，堂堂正正地做事，我们凡事从正面来想，从正面来说，从正面来谈，但也要时时吸取负面的教训，不可重蹈覆辙。在良莠不齐的从业人员队伍中，要时时警戒自己不越轨，不能受利益的驱使而走上歧途。

　　在我们这个行业里，有相当多的人都是以负面的方式来生存的。我知道纽约也有很成功的保险经纪，但是是依靠回扣来达到业绩的，这是不合法的，而且是不专业的。自己对自己的事业不尊重，又怎么让别人来尊重你？我不知道以这种方式做生意的经纪能在这个行业生存多久。

　　这也让我想到我原来的会计师John，别人说他是看重收入而转行成为我的同业。他成为多家公司的代理人，经常以各种小型的讲座来吸引客户。他刚入行的时候，我很有诚意地邀请他一起合作，他抿着嘴没有出声。我也万万没有想到他居然会去挑动我的客户，我知道的时候，是客户虞先生向我道歉。虞氏夫妇的保险是由他们信托的所有人儿子来做决定的,他们也不好说什么。虞先生是我多年的好友,他的保单里有75万美元的现金值。John将75万美元全部转为他所办理的保险。所有做我们这行的人都知道:第一,保单有这么大的数字,证明这个保单有相当长的时间,而保单转过去以后,虞氏夫妇需要从头再付,万一两年内有什么变故一切都要重新调查。虞氏夫妇说当John知道我是他们的代理人时,再三交代不要让我知道,而虞氏夫妇的儿子不知怎么也听信了他,等我知道的时候已经没有挽回的余地。其间,我也去询问为什么这个大的保单没经过公司消费组织的把关,这么快就把75万美元转过去了,调查的结果是公司收到了客户紧急催促的电话,经理人说他们不仅收到了文件,也有来电的催促。我心里明白这对夫妇根本不会讲英文,是有人冒名去做的。我当然伤痛,伤痛一个多年的好友却因为一个保险而有愧于我。我也不愿去证实因为他们拿了回扣。John曾为我报过税,而现在却需要用这种方法在我们的行业里生存,我只能祝福他,也借此提醒我自己。前些日子,报纸上报道,John为虞氏夫妇所申请的那家保险公司目前已发生了财务上的问题。

我还听到在波士顿那边有一个经纪人,当客户上门要求理赔的时候,因为客户不了解情况,而这个经纪人居然要求跟他对分理赔金。真是令人发指!

我也亲眼看到,有位非常成功的加拿大华人代理,当我们国内有经纪人到美国开会的时候,他领着他们去商店买东西并做翻译。那位女经纪买了首饰,加拿大的经纪回到店里

财迷心窍入歧途

便拿介绍费。我宁愿去想,他一定把这个钱又给了这位中国的女经纪而不是放到自己口袋里了。

金山湾区有位非常有名的华人女经纪,刚入行的时候,她的绝招是晚上到客户家去推销保险,如果人家不买她就不走。后来她就专门去找硅谷的有钱大老板,说人家性骚扰。听说很多人会给钱了事,免得声张。但夜路走多了,遇到一个强硬的对手,闹到满城风雨,她也从此在这个行业销声匿迹。那段时间受影响的不只是她个人,很多女性经纪都遭鱼池之灾,当时不少男性客户都不敢同女性经纪打交道。

知微杜渐养良品

　　我们的一言一行，生活中的任何一个细节，都会映射出整体的形象和内在的素养。一些不经意的细小动作可能一时还无关紧要，但日积月累，养成习惯，终究会造成积极的或负面的影响。所以我们要注重小节，从身边的小事做起，养成良好的品行。

　　有一次在上海，我打车去商店买衣服。试了一件又一件，回到酒店，发现手机不见了。我打电话给老板娘，请她在柜子上或试衣间找找看。她看过说没有，但是会继续帮我找。我考虑是否遗留在计程车上。早上离开酒店的时候，约车的工作人员记录了我的去向。我试着问酒店的服务人员记录是否还在，他们帮我打电话到大众出租去询问。半小时后，他们告诉我找到了手机，遗留在出租车上，司机愿意为我送过来。我的运气真好，大众司机给了我方便，否则我在美国的客户就会联系不上我。通常我在美国的三通电话始终开着，让我的客户无论在什么时候和情况下都能联络到我。

如果遗失了手机，回去我还要重新申请。

第二天，我打电话给服装店的老板娘，告诉她手机找到了，很不好意思，昨天惊扰了她们，给她们带来不便。老板娘很感动，说很多人不愿意再费这么一点点工夫，自己的事情解决了，但是不在意别人为她的付出。此后，我竟然和这位老板娘成了好朋友。有时她知道我到了上海，虽然她人不在上海的服装店而在香港，也会打电话给我，邀请我下次到了香港去她家做客。我非常珍惜交了这样一个朋友。

我总是希望给人以正面的影响，但并不是事事我都能力所能及。我记得在美国接待过一位从事影视工作的刘先生，我领他到一家高级的法国餐馆，刘先生很自然地将自己的右腿搭在了左腿上，那不只是跷二郎腿，而是将右脚平放在左腿上。我不好说什么，但是在那家高雅的餐厅里，训练有素的服务生来到他的面前，很客气地问他："先生，有什么我能为你做的吗？"而刘先生当时的反应就是坐好，想要听这个服务生说什么。我为他翻译，等服务生走开了，他故态再现。服务生又转回来询问同样的问题。这次我忍不住对他说，我想这个服务生是在提醒我们的仪态。刘先生说："这算什么，我曾看到一位名女人的坐姿，人都滑到椅子下了还开着两条腿。"刘先生在美期间，我都尽力陪伴在他身旁。过了一个星期，在一个海边的西餐馆，刘先生又再次做出同样的动作，旁边还有他的亲人，包括他的女儿。我当时就开玩笑地说，前一次我们在法国餐馆，刘先生这样坐，服务生过来打招呼了。我还没说完，刘先生马上就说："有位名女人写书教别人学习礼仪,可她的坐姿比我差多了,这算什么?"我想,那位名人可能是在哪一次场合不经意的一个小动作,却给在场的男士造成这么深的印象,而且还带出了国门。可见一个人要养成良好的礼仪品行,还必须从身边的细节做起。

第六章　世事感悟

恐怖气浪掀心潮

　　美国遭受"9.11"恐怖袭击的当天，我正好是在华盛顿五角大楼附近。前一天晚上，我到达华府，约好了美籍华裔交通部部长赵小兰与台湾驻"华府代表"程建仁，做他们的电视访问。第二天一大早，就接到了程建仁秘书来电，问我知道发生什么事情了吗？我还不知所云。打开电视看到全球关注的恐怖镜头，飞机先后撞上纽约世贸大厦的场面凸现在我的眼前。程建仁是一个非常守信的人，并没有改变我的时间安排，在"9.11"当天下午，我在双橡园完成了对他的专访。我想，那时也是独家的最热门话题。9月12日，我到赵小兰的办公室完成了电视专访。但接下来，我们的日子很不好过，在华府街道的每一个入口都有一辆坦克，我和摄影师当时摄下了很多宝贵的镜头，包括五角大楼被撞冒烟的场景。

　　飞机停飞，我们不知什么时候才能回到家中，摄影师开始抱怨。我对她说我们已经很幸运了，想想那些当时在纽约世贸大厦里的工作人员。她再也没有啰嗦一句。在这期间，几乎哪里都不能去，还好我那天正好住在 RITZ CARLTON 的行政大楼，所幸三餐无忧。

我有一位熟识的律师 Jue，他是保险公司的顾问。我们经常在电话上讨论客户涉及的各种法律问题，我总是希望在相关法律问题上，给客户最新与最正确的信息。"9.11"当天，Jue 正好在纽约开会，据他说从所在的宾馆都可以闻到爆炸的味道。两天之后，飞机航班毫无着落，Jue 在纽约好不容易租到了一辆车，决定与另外一位同事绕道来华府接我与摄影师，大家再一起赶路。我们先到德州，送他这位朋友回家。然后，三个人再驶往加州，整整四天跨越了美国几个城市。这一路上，我们感觉像在逃命，除了行李在车仓外，车内的所有空隙都被我们填满了，包括我们的脚下，我们的身旁，因为我们带了很多的电视摄影器材。半路上得知飞机复飞，我们还是选择开车，因为那些一根根一条条的摄影器材怕安检不能通过。我的手机响个不停，虽然 4 000 个客户没有同时联络我，但是很多平时对保险漠不关心的人，那些天突然有很多的问题要咨询我。主要问题是在怎样的情况下可以获得理赔，如何办理理赔，保单不见了怎么理赔，发生"9.11"灾难可以赔多少等等。我想，经过"9.11"后，美国人的观念有不少改观，认识到在这个世界上有些突发的事情，有些无法预料的事情，有些无法准备的事情，随时随地都可能带走我们的性命。平时，我也常跟客户提起，你可能认为不需要保险，但是你做了这个准备，至少没有坏处。我也常说，保险每个人都买得起，哪怕是一个保障性的保险，而你也确实有了保障。可叹的是,每次手机响起,我告诉这些客户我正在开车逃命,但大家似乎并不关心我的窘况,只是关心他们的保单。我真是感慨万分。但好在我还有这么多好友,每天都有人打电话来鼓励我。尤其 Sarah 知道我是最爱吃、最怕饥饿的,再三打电话提醒我离开宾馆的时候不要忘了带些食品。若不是这段经历,我还真不了解在美国的中部还有好多比较落后的地区,他们似乎不常见到亚洲人,当我走进咖啡店的时候,所有的人都注视着我。这些都让我留下很深的印象。Jue 已经离开我们的公司,但每年"9.11"前后,我们一定有所联络,他也算是我的救命恩人了。

人生无常早防患

无论是顺境还是逆境，无论是平安还是患难，我们事先都应有所准备，从容面对。这样，对自己对家人都会有所保障，有所慰藉，这是对保险功能最通俗的诠释。

郑氏一家五口的生计全靠郑先生在停车场微薄的收入，我建议他们买保险来保障未来的生活。郑太太不反对，倒是郑先生强烈反对。郑先生认为自己在停车场的收入不错，足以让一家在美国过上小康生活，何必去浪费钱呢。就算要买，也要等他40岁以后再说。我总是不与客户争辩，但每隔数月便以电话或信件的方式提醒他早买寿险绝不会吃亏，而且价格便宜，体检也容易通过，同时能保障一家大小，何乐而不为呢。我每每以最简洁的语言、最易了解的方式予以说明，站在郑先生的立场，苦口婆心。苍天不负苦心人，郑先生终于签字买了一份保险，并说："我真的是觉得你关心我们全家，我被你的诚意打动了。"

两三年后的一个夏日午后，郑太太忽然来电告知，郑先生因患胃癌与病魔搏斗了一个月，与世长辞了。临终前他对郑太太表示，在美国人人都忙，每个家庭都扛着生活的重担，不要去麻烦亲友，只要打电话给林国庆就好，相信她一定会实现诺言。

我以最快的速度为郑先生办好理赔手续，亲手将支票交到他遗孀的手中。郑太太双手颤抖，泪满双眼，感激地对我说："这笔钱真的是我现在最需要的。"如今郑家三个儿女已长大成人。

兴隆的创办人也有类似的故事，却有不同的结果。高大爽朗的二哥英年早逝。等别人推荐我上门去帮助他太太时，才得知他们曾拥有的保险却因业务繁忙又无人处理而停保，让我觉得非常遗憾。而这位二嫂从未出去做事，在美国又不会英语，没有什么工作能力，只能靠打打零工来抚养五个幼儿。

初中的同窗好友 Judy，自己发现胸部有一硬块，到医生那里确诊为乳腺癌，停止工作近半年。我飞到加拿大多伦多陪她一周。回到家中与 Judy 的大学同窗兼室友 Terassa 聊起，觉得人生无常。Terassa 建议她所在的会计师事务所的几位合伙人应该申请保险。数周后，Terassa 跟我表示，合伙人会议决定暂时不采取此行动。Terassa 觉得自己虽然膝下无儿女，但也应该申请一份保险。我在一个周五的下午，与护士来到 Terassa 的会计师事务所，爽朗的 Terassa 就躺在地上做心电图，我也在旁边陪伴着填表。对话中，Terassa 表示，因为 Judy 的事件，所以现在每天都去健身房做做运动，可能运动过度,觉得胸骨有点酸疼。我也认真地建议她去做个详细检查。在 Terassa 申请保险的第二天,我就飞往他处。两周后,回到办公室,收到 Terassa 的留言,说她自己到医院做 X 光检查,医院要求她做进一步的详细体检。在这同时,我接到保险公司的通知,要求 Terassa 做进一步的检查才可继续审核。三天后我收到 Terassa 的来电,她的医生断定她患有肺癌。一星期后,Terassa 告诉我,癌细胞扩散,不宜做手术。医生推断她只剩下六个月的存活期。Terassa 也立刻停工在家调养。相信 Terassa 如今每天还在跟命运搏斗,只可惜我们的保险再也申请不下来了。

行笔至此,又让我想到做包工头的张先生,他生了五个女儿。第一次见到他时,全家挤在一张床上。最后他积劳成疾,过世时,全家虽已入住大厦,但他却无福再享受自己努力挣来的成果。

在 Santa Cruz 海边超市的张老板,从发现癌症到病逝,前后还不到两个月。躺在医院病床上,因找不到他本人的保险经纪,他还托人介绍我帮他研究保单有效与否,并确认到时候是否会赔偿。

相信每一位从事寿险业务的经纪都有说不完的故事。人生无常,谁也预测不了自己什么时候离世或发生意外,确实应该预先防患,以免抱憾终生。

祸不单行早安排

人世间，常常是祸不单行，福无双至。保险可以帮助我们早做规划，早做安排，应对意外之需、不时之需。要达到这样的效果，还需要客户和保险经纪互相理解和支持。

朱太龙的公司离我的公司有相当一段距离，我往他那儿不知道跑了多少次，前几年都没有任何的机会。在他的小镇上，有好几户人家，每个人都认识他，因为像李作基全家、姓赵的、姓于的，都是朱太龙先后帮他们申请到美国的。朱太龙本身有餐馆，有进出口贸易，也有一个莲花园。朱太太是一个小学老师，姓刘。我把姓于的、姓李的、姓赵的几个家族的生意都做完了。最后有一天，朱太龙真的愿意投保了，因为朱太龙说，他们的商业大楼贷款很大，万一有什么事至少可以把贷款还清了。记得那次填了他的申请表返程路上，我的奔驰车被飞来的石头打碎了玻璃窗，我跟司机只好以最慢的速度行驶，以免发生意外。

朱先生的申请表进行得并不顺利，申请部门主管口头通知我,拒绝接受朱先生的保险申请。我向批文负责人解释,可能朱先生这段时间太忙碌,所以身体检查不够理想。我要求再给他一次机会,再做一次检查。批文负责人同意了,而朱太龙却出门了,我要等他回来才能约定做第二次检查。然而,我在报纸上读到新闻,莲花园的主人朱太龙车祸丧生。我在周六的晚上冲到公司查考档案,正好是他付了第一个月保险费申请满期的前两天。换句话说,在申请当中,他仍然有保障,所以,虽然保险没有申请下来,他仍有权得到这份赔偿。我通知他的太太,她完全不知道朱太龙申请这份保险,更不知道会有这份赔偿。不能够说是意外惊喜,但这几十万的赔偿却帮他们解决了商业大楼的贷款。

在理赔当中,我建议朱太太应该把她自己的保险办好,但朱太太表示她学校同事刚入行做保险,所以想把保险的机会留给她的同事。三年后,我从李作基那里得知,朱太太居然在三年后的同一天,在朱太龙车祸丧生的地方也发生车祸,当场死亡。下面的故事更为离奇,他的三个儿子,居然联手一起告母亲的保险经纪,理由是因为那个保险经纪所卖的保险赔偿不够用,所以让三个孩子需要变卖产业来交遗产税。这个自然成为当地小镇的新闻,因为从没听说过有人买不够保险要告保险经纪的。

我虽然不认识那个保险经纪,但觉得她挺委屈的。这也提醒了我,从此之后,若有任何人不接受我的推荐,就请客户签下断言书,由他自己负责所有的决定,以免以后负上任何法律上的责任。

虽然朱太太的法律诉讼与我无关，但我也感慨万千。想推销一份好的保险给客户，别人却觉得我们只是想做一笔生意。虽然说受益人可以领到全部款项，我们不取任何的服务费用，可能他们只是说一句谢谢而已。要是那位朱太太完全没有购买任何的保险赔偿，不知道她那三个儿子会不会要告所有做保险的经纪，怎么都没有上门来向他们的母亲推销保险啊？

世事变化多感叹

　　自然的变迁、社会的变化、人生的曲折、家庭的变故,许多都会在我们的意料之外,有保险相随相伴,总是有百利而无一害。保险经纪也往往成了变故的见证。

　　金医师是旧金山医院亚裔部门的负责人,也是有名的外科医生,海外的求医者都慕名而来。他的夫人 Masa 是一位高挑美丽的英国女子,也是同一个医院的著名医生。他们有三个可爱的混血儿,两儿一女。从我认识他们开始,几乎在任何一个场合看到他们都是全家一起出现,那么的和谐、美满。金医师除了本身的业务,也热衷于中国肝炎的研究,但是对于保险毫无兴趣。他们家的保险业务完全由 Masa 处理,Masa 选择公司,选择保险的种类,决定保额的大小,负责跟律师沟通。金医师给我的感觉是内向寡言,但有几位大企业家无论是香港的台湾的,我都是由他那儿认识的,譬如香港的郑裕彤、台湾的陈由豪等多位。记得那时候,陈由豪向柏克莱大学捐款,我们还特地去观礼,又驱车到日本城用餐。

这位有名的企业家为了寻找自己一个曾经吃过的日本小餐馆，在几条街上不停地奔走，给我印象深刻。而陈先生原先拥有的丽晶酒店的另一个合伙人潘先生，是我入门时的恩客。金医师也认识潘先生，金医师的孩子在暑假的时候会到潘先生的公司打工。

金医师本来是我的家庭医生，后来觉得他太忙，就转到Masa那儿。前两年，我因为感冒，去找 Masa，与她约不到时间。她要我服用平常的感冒药，一星期后情况更严重，她要我自己去看急诊。我当时非常纳闷，不明白以我们这样的交情，她怎么会置我于不顾。我还以为，跟医生交朋友，在生病的时候就有了靠山。后来，我才听说她那时情绪低落，在跟金医师闹婚变。我回想起有几次在饭桌上，他们的对话的确显出一些蛛丝马迹。两年过去了，Masa 才正式通知我，她确实在跟金医师办理离婚手续，希望我提供保险资料。我所有的工作程序都按照法律规定与公司的标准来处理，该提供的资料我提供，不该提供的就拒绝，但是我绝对给她方便，及时答复。

我没有参与他们离婚的裁决，但在寿险部分，若是双人保障型的保险，在离婚的时候可以一分为二，至于现金值当然由他们本人或律师来做裁定。平日不管任何文件与保险的金医师，也不得不出现在我的办公室做必要的处理。

回想往事，历历在目：他们一家来参加我成为公司副会长的宴会，D 医生的婚礼，黄先生的家宴，那么亲热、和睦，任何人恐怕也没有想到他们会有这么一天。我非常感叹人生无常,很多事情的发生都不在我们的掌握之中,所幸当年为他们设计的保险,就算离婚,也是有益而无害的。

破除困扰爱升华

对事业的追求和对客户的责任，要求我们碰到任何困境，都能理性、勇敢地面对，都能从困扰和痛苦中走出来，义无反顾地肩负起自己的责任，做好应做的工作，使自身的爱得到升华。

我至今都记得 S 第一次来见我的情景。她是个小儿麻痹症患者，一只脚打着钢条，走路不大平稳。她对我说："我很想成为一名保险经纪，但是我去 P 公司，他们不要我，你可以帮我吗？"按照我在美国的合同，如果你是个专业保险经纪，你就不能做任何行政的聘请工作。我问她："你自认是一个关心别人的好经纪吗？你愿意下工夫吗？"她点点头。我让她回家等我的消息。我就向我的直属经理请求，我希望聘请 S，我自己负责将她训练好。经理看我决心已定，私下作了这个保证，就特别同意让我聘请 S。我记得我只教了 S 一种生存的功夫，就是怎么寻找客户。十多年来，虽然她徘徊在MDRT 会员资格的边缘，但总算在这个行业里有了自己的一个小天地。

　　S入行的时候已经有了两个孩子,她常对我说:"你为什么不再找个伴呢?你看我虽然是小儿麻痹症患者,行动不便,但是一样可以找到理想的伴侣。"S工作非常勤奋,她的先生M是硅谷的电脑工程师,常常鼓励她多跟我学习,总是尽量呆在家里帮她照顾孩子,让S没有后顾之忧。几年过去,S又添了两个小宝宝,我真是佩服她在现在这个时代、这个环境、自己行动又不便、工作量又大,居然乐于繁育后代。后来因为迁移的关系,我转到不同地区从事保险,彼此就很少见面了。我总对S说,你有什么事就来找我。她再次出现在我面前时,我真是吓了一跳,她失去了以前爽朗的笑声,两眼无神地告诉我,M要和她离婚,理由是性格不合。M仍然愿意照顾四个孩子,希望每天仍回到家中接送孩子并在课后教导他们功课,可是坚持要与另外一位自己心爱的人结婚。我想,这对任何人都是非常痛苦的事情,我自己也经历过婚姻的失败,我就鼓励她把精力放在事业上,来拾回自己的信心,把自己的爱转移到其他的事情和人物上,使爱得到升华。但这并不表示可以解决她目前的问题,所以我就安排时间,请她到我的家中,重新回到起点,要她收集客户的名单,寻找30个她最满意的客人,对她最肯定的客人。我要她逐个给他们打电话,告诉这些客人她目前的状况,这对S是一个更痛苦的过程,好像在伤口上撒把盐。我希望她能够接受现实,我坐在她的身旁,陪着她一个个地打电话。想到这,我的眼泪都要出来了,但我们两个仍坚持把这些都做了。我只是要她跟这些客户说明,她的近况有一些改变,如果这段时间有什么疏忽的地方,请他们谅解,需要服务的地方她会尽力而为。

正是这样,她约了一对上市公司的朱先生夫妇,由我来帮他们处理遗产方面的保险,这通常是我的专业领域。佣金由我们两个人平分,但从头到尾的业务由我全权负责。朱太太是一位善解人意的人,非常同情 S 的遭遇,愿意接受我们两个人共同为她服务,她也很欣赏我的工作方式与性格。从此,我也和朱太太成为一对可以推心置腹的好友,常常相约一起聚餐或逛街,连在北京短短的几天时间,我们也不错过机会,在异地相聚。

最重要的是,S 已经迈开她平日工作正常的脚步,我没有办法帮助她的感情生活,但是我希望一个保险的专业人士,在任何情况下,都要做当做的事,尽当尽的责任。

惠泽后人无怨悔

何为保险的真谛，为何要投保，这是行销人员和客户都在深思熟虑的问题。在现实生活中，行销人员除了熟悉保险产品与运用，而且不厌其烦地为客户解释、分析，更需要将心比心，站在客户的角度去了解他们真正的需要。

我有位客户姓庄，是来自越南的难民，住在加州的圣地亚哥。夫妇俩以卖海鲜为生，勉强糊口。庄先生说，每天必须在凌晨三点起床，天还未亮的时候就出门去批海鲜来卖。各种海鲜来自不同的水域，所需的温度也不同，若出差错，全部都会报废，耗力赔钱。他们拼命工作，寄希望于唯一的儿子。庄先生本人在越南的时候，曾为美国大使馆服务过，对于保险有个清楚的概念。他未雨绸缪，主动为自己和太太购买了保险，还考虑为 17 岁的儿子投保。谁料，儿子强烈反对道："为什么要帮我投保，我们家里的经济状况，我又不是不知道，难道你们想在我的身上拿什么好处？"这个不知世间冷暖的孩子逆反的话，字字句句如同钢针般刺在庄先生的心坎上。庄先生语重心长地说:"儿子,想想看,从你小的时候,我和你妈妈每天为了生活打拼,求温饱尚且不及,哪有余力好好照顾你,你也知道你几乎没有童年的乐趣。"庄先生含着泪水继续对孩子说:"现在为你买份保障,是希望我孙子将来不要像你一样,而能够过上一个天真无忧的童年,让他有个美好的远景。"我在旁听到这段对话,感动得热泪盈眶。虽然庄先生投保的金额并不高,但这种责任与爱心不就是保险的精神所在吗?

石老夫妇是一对和蔼可亲的东北人,由女儿申请从国内移民到美国,帮忙照顾外孙和外孙女。每天,石老先生除了接送孩子上学放学,并送到老师那里学弹钢琴,自己还亲自教授中文,并且教孩子们练习毛笔字以及中文对话,不少华人羡慕不已。我们不时见到祖孙三代其乐融融。我与石家大女儿是教会中的好友,经常吃到石伯母亲手包的水饺,最喜欢吃的还是韭菜粉丝加鸡蛋的素馅儿,咬一口下去,还有汤出来,那滋味不是其他东西可以比拟的。石伯母对于教会的事很热心,处处为别人着想。有一次,石伯母拉着我的手说:"国庆,我知道你做保险特别好,个个都说你不但人好,懂得又多,又有责任心,你可不可以跟我说说保险。是不是我要一大笔钱才可以买保险?像我跟石伯伯这个年纪,还能买保险吗?"老人家很仔细地询问我。我很认真地告诉她,通常情况下,每个人都能买保险,只是买多买少而已。买保险就像穿衣服,要找到适合自己的,不见得一定是高价才是最好的。而且就如其他人所说,领钱的人在美国是不需交税的,不像购买房屋或是股票赚钱都要付很高的税,保险是送给亲人最好的礼物。除了申请和交保费外,无需更多的烦恼,不像炒股票要担心时跌时涨。此后,石伯母只要见到我,总会想到一些保险的问题来问我。几个月后,石伯母郑重其事地对我说:"国庆,我要委托你,为我和石伯伯申请一份保险,因为我相信你会尽力为我们办的,而且我们身后你也会为我好好处理。我看到报纸上说,很多保险代理人连理赔都不懂,以后我的儿女也不见得会懂。"石伯母接下去说:"你看到我的女儿与女婿每天早出晚归,好不容易存钱买了栋房子,要存更多的钱可能性就不大了。而我们两老在国内把房子卖了,移民到美国来,每天住在这儿,也用不了什么钱。儿女都孝顺,每个月给我零用钱,我把它存起来,加上一些退休金,买份寿险,留给我的孩子。"我为之动容。可怜天下父母心,老年人买保险不只是为了儿女,而且是准备他们未来的一些生活基金,也为孩子们存下一点产业。

除了石伯伯石伯母,还有不少了解保险、关爱下一代的长辈们主动买保险,为的是将钱财留给儿女。他们表示,让他们送给儿女一大笔财产是不可能的,唯有用这个最好的理财方式来帮助下一代。

从事保险多年,积累了很多的销售经验,其中许多还是从准客户身上学到的。就因为不厌其烦地为他们解说保险理念与运用不同的产品,更因了解、理解他们的需要,也就在不知不觉当中开辟了很多新的市场。

别有滋味在心头

同是服务行业,但是不同的服务方式与态度会给人完全不同的感觉。全心全意为客户服务始终是最高的宗旨,也是从业人员的职业道德标准。

我在国内短短的两三个星期,接触到计程车、餐馆与酒店的服务,都给我留下不同的印象。把亲身经历列举出来,与大家一同品味。

计 程 车 司 机

在美国,我有两个司机。经过这么多年,我一上车就能感觉到这个人的专业水平如何。在短短的几分钟内,我观察他们掌控方向盘,就能判断出这个人的技术水准。不论他们有多少理由,包括路面不平整等等,其实我心中明白,他如何掌控脚下的刹车和油门,与坐车的人舒适与否有很大的关系。可是有的司机不停地踩刹车或是不停地加油门,让坐车的人如同坐云霄飞车一样,胆战心惊。

出门在外，除非是享受贵宾待遇，人家会帮我安排好司机，那没话说。现在来到国内，很多时候，我都需要"打的"。从北京到上海，我想我"打的"的经验还是蛮多的。在上海，出租车上都有服务公约和标语，如有些车队的车上挂着牌子"我的服务你的满意"，下面列着"客人上车讲您好"，"车费结清说谢谢"，"随身物品要提醒"，"客人下车讲再见"。但我见过这样一位司机，一上车就扯起大嗓门对客人说："到哪儿?"我说去肇嘉浜路王朝饭店。他大声问到什么路口，我说不知道。他又大声问我和什么路交叉，我说我也不知道。他又大声地说："你不知道怎么走啊!"我问他讲话可不可以客气一点，他却冲撞地说"我讲话就是这样的"。我提醒他语气不要那么凶哦，他却说"我从小到大就是这样讲话的。"我说："你路不熟吗? 王朝饭店很有名的。"他又大声说："我路很熟，但不知道跟什么路交叉，我怎么去啊!"我就跟我旁边的朋友小王说，现在中国大陆正在与世界接轨，要在全球扮演重要角色，可是很多小地方不注意，真的非常可惜了。

台湾是我从小生长的地方，记忆中，大家对计程车评价很差，我有很多的感受。如今我到台湾去，发现那儿的计程车司机有很大的改变。有一个公司是司机自己组织的，要求每个司机都要穿白衬衣打领带，而且车上要放一束花。我不由得问起司机先生为什么要这样做，他回答，客人都对计程车有很大意见，但是很多计程车司机其实很想把服务工作做好，希望能通过他们这个窗口，让大家对计程车这个行业的看法有所改变。司机们认为很多外国客人来到台湾，最先接触到的可能就是

"打的"，这些出租车司机的表现代表着台湾人给人的印象。如果司机对外来客态度好，外来客就会觉得整个台湾人是友善的；如果司机对他们的态度很差，他们自然也会认为大部分的台湾人也是这样的。说实话，我可以感觉得到，这位司机的衬衣并不是那么的白，而且那条领带也打得有点歪斜，车上放的那束郁金香还会让我鼻子过敏，可是我对于这位司机的做法却很认同。我在和小王说这个故事的时候，前面的那位司机可能听到了我们的对话，对我们说："小姐，我想起来王朝饭店怎么走了。"这是上次我来上海的时候发生的事情。这次我来，又遇到了类似的事情。这次开口的是我身边的张小姐，满口上海话。同样又是问不清路，这次我笑起来了，我说司机欺负外来客也就算了，怎么连上海人也欺负。于是我又讲起了台湾计程车的故事。这个司机却没有放过我，而是说，我们上海的计程车是全国最好的了，没有比上海的司机更好的了，要是在其他地方，如果司机不高兴，把你晾在高架上的事情也会发生的。我很纳闷，他怎么就这样不求上进呢？好在我了解到，在上海的服务行业也有很多优质服务，这类司机只是极少数。

餐馆的服务

在某大饭店三楼中餐厅，我中午 11 点 15 分进去，服务人员正好在列队点名，点完名，由领班交代事情。最后听到二三十人一齐喊口号："顾客第一，顾客满意！"我坐在那儿，看着这一切，总算等到我可以点菜了，从点菜到上菜，起码 30 分钟都不止。在等上菜的过程中，我问服务生什么叫小切片。服务生瞪我一眼说:"你不是点过菜了吗?"我说我只是想知道什么叫小切片,这样下次我就知道是不是要点这个菜了。服务生完全忘了他高声喊的口号。

在另一家大饭店就餐,又是另外一回事。为了要好好谈话,要了一个单间。我是主人,李老师和Jason两个大男人在那里寒暄。点菜的经理进来,不停地介绍,从鱼翅到鲍鱼一样不少。我问李老师你觉得怎样,他不吭声,Jason说好。我这做主人的只好点头,就这样,三个人点了一大桌的菜,那条活鱼连碰都没有碰一下。结账的时候,虽然没有喝酒,人民币也要3 200元,而那个时候我还不懂得要求打折。

还有很多令人啼笑皆非的事情。那天还是在肇嘉浜路张生记饭店,我和张小姐点冷菜,我喜欢的菜名是"心太软",冰糖藕在美国是吃不到的,又叫了一个每次都喜欢吃的芋头。点菜的小姐一点笑容都没有,问我们是否要海鲜,我看她不高兴,就说好,那去看看吧。她说螃蟹还不错。我说那我们要大的,虽然我们只有两个人,可是螃蟹不大的话就不会好吃。她说那就用咸蛋黄来炒加年糕好了。我说好,听着也很好吃。菜上来了,我心里盘算着,这个398元的螃蟹年糕不能让张小姐来付。张小姐很客气地帮我挟菜,她以为是螃蟹肉,其实是年糕。吃了两块后,我不经意地问张小姐平时在家做饭吗?她说做啊。我说那你看这螃蟹的肉到哪里去了,然后我们用筷子来拨,找不到,只有螃蟹的小脚,找不到半块肉。我怕我是判断错误,就请刚才点菜的小姐来。我说小姐你有没有觉得这个螃蟹只有下面的小小细细的脚,而且都没有肉的？服务生说绝对不会少，口若悬河地说我们这里出的螃蟹是这样的，我们的厨房也不会动，我们是绝对训练有素的。她的解释让我闷闷不乐，没了进餐的胃口。服务生说你要是不相信的话，可以让厨房再做一份，如果还是这样，那你就付两份的钱好了。我问她如果不是一样的呢，她那螃蟹总归就算在我们头上了。我从来没听过这种事，让她去找经理来。过了一会儿，另一位口齿伶俐的女孩子在我面前重述了一遍几乎同样的话。25分钟过去后，我说那只有去厨房看他们再做一个了，张小姐说那样不是很难看吗，让他们打折好了。我说这不是打折的问题，这是原则的问题。另一个女孩说她也没有办法，她要去叫经理来，可是刚才她明明说自己就是经理！经理来了，他正在调停另一桌的问题，一来就非常熟练地说，到我们这里是绝对不会错的，厨房也不会这样做。你要的东西就是这样，而且你也开始吃了两口。在那个时候我真的是哑口无言。他又接着说，要不然你让厨房去弄那个螃蟹，出来的时候如果是一样的话，你一样要付两份的钱。他说这些话的时候，给我的感觉是非常的熟练，可能经常用这样的方法去吓唬不满的顾客。这时已经经过了1个小时20分钟，我已经在这样的交谈中非常疲惫。我爱我的祖国，我觉得这个螃蟹不是钱的问题，我真的很想去厨房弄清真相。这时，我的好朋友Helen打来电话，她了解到我的窘状，提醒我最主要的是要保证自己的安全，然后她主动跟经理谈。经理说可以九折结账走。我非常生气，真的让我很心痛，我觉得这根本不是钱的问题，这么久的时间只是为了四五十元人民币的折扣吗？事后，我了解到很多事情在国内的处理都是以打折了断的。这让我想起来，我前一次来上海，也是在餐馆，一个港式的餐馆。从我们进去到我们走，都没有人送茶水来，每次跟他们提出都不送来。到我们走的时候，我的那个在北京的朋友讲要经理打个折。我觉得好奇怪哦，做业务的人难道只要客户不满就以打折来解决吗？

酒店的服务

同样是讲服务，同样是旅行期间遇到的服务，各地就有不同。北京的王府饭店，他们的软性服务是我见到的少有的让我满意的服务。我记得自己要求早上八点被叫醒，不晓得是不是因为是从国外来的，她们特别地问我，在叫醒我之前，是不是所有的电话都不接，还是只接国外打来的？我感觉到这是进一步的服务，除了你要求的以外，再做附加的服务，觉得很温馨。从我住的贵宾楼到王府饭店，他们员工的英语水平都很高，就连帮我拿行李的员工都可以和我用英语对答如流。我相信，在2008年奥运会时，北京不论在硬件设施上，还是软件服务上，一定都会很优秀的。

相对的，到日本旅行，服务方的外语水平就很差。当我来到上海，我住在自己投资的酒店，那是五星级的酒店。我希望它是高等级的，也希望它门庭若市。可是我怀疑能否推荐给国外的朋友，譬如说我不知道在这里刷卡都是有限额的。我去他们的美容院，小姐拿起电话来大声地问柜台，

1528 的客人花费 180 元人民币能不能刷卡签单？同样的事情也发生在餐厅。还有更糟糕的,有一天,我回到自己的客房,钥匙打不开房门。我和前台联系找人来帮我开门,他们说让负责清扫的人来帮我。可是 20 分钟过去了,清理房间的还没有出现。我又和楼下的服务台联系,3—5 分钟后,服务人员出现在我面前,而事实上她离我只有几步路。该服务人员让我出示护照,才能给我开门。我的护照在房间内,可门打不开。她说你没有护照就进不了房间。这次我真的火了,我打电话找到了经理,请问我怎样才能回到我的房间？大堂经理来向我道歉。可是真的非要大堂经理才能解决吗？我觉得是不是有很多的地方需要我们去改进,是不是能让各地来的游客对这家酒店,对整个的中国都有一个很好的印象？后来,在我离开酒店的时候,又突然出现了 676 元的传真费用。我说不是进来的时候告诉我,收传真是免费的吗？可是服务人员要我说出具体的人名,我怎么知道！大堂经理过来了,她主动要求给我打折。这次我学乖了,付了钱,离开了这家酒店。可我需要在上海停留三星期,便查询朋友推荐的几家酒店。Helen 说南京西路与陕西北路的著名大酒店刚装修过,应该不错。我来到该酒店的大厅,感觉很好,也记得该酒店在国际上是非常注重服务的。我问柜台,房间是否也是像大厅一样刚装修过,那位前台经理说"没有",一句话完事,就有想把我送走的感觉。我还以为他会有其他的表示,但他完全不想理会我,我也只有悻悻然离去。我来到了浦东的金茂大厦君悦酒店,我是他们的会员,累计了点数,可以有免费的住房。第一天我在房间工作，听到门铃急促响起，不知道发生了什么事。打开门是位服务生，名叫 Linda，给我送来转换器。我对她说下一次能否不要这么急促地按门铃，会让我很紧张的，况且我房间里还有客人。她回答我说谢谢，她的回答让我吃了一惊。她进房间帮我细心地安装转换器，我对她说谢谢，你真好。可是她对我说，你才好，你教会了我怎么做人。虽然我才刚刚入住，还不知道未来怎么样，可是通过一个小小的清洁工，已经感受到金茂君悦训练出来的员工确实有国际水平，而且 Linda 的外语能力也很强。就是因为一位清洁工 Linda，我决定停留在上海期间都住在金茂君悦大酒店。

常常在一件小事和一个细节上，对方所看到的只是一刹那，可是人们就会觉得它是代表了一个公司或一个行业的水准，所以千万马虎不得。

循循善诱互勉励

　　有时候，我们不经意的一句话、一个动作，可能对别人都有很大的影响。每天，很多人并不是在做自己最喜欢做的事情，似乎很无奈。但是我们应该想到的是，如何调整自己的心态，如何把我们最好的一面展现出来，开开心心，把事情办好。这样，很多机会也会接踵而来。

　　我最不会处理的就是自己的三千烦恼丝，每周两三次到美容院吹洗头发，到了国内也不例外。这天来到了一个商场，做头发的挑染，不知道怎么又跟洗头的小弟聊天了。我为他讲述《圣经》里的故事，像"浪子回头金不换"。这个故事是说，一个男孩在家过得好好的，但是就想去闯世界。孩子走了，他的父亲每天都在家门口盼着他回来。这个孩子转了一圈毫无成就，但终于回来了。他的父亲非常高兴地杀鸡宰羊欢迎他。家里的大儿子嫉妒地说为什么不这样对待他。父亲说，其实家里的一切都是你们的，就看你们自己怎样去享受。我又讲了一个故事叫"不以恶报恶"，常常会有人得罪我们，或犯错误，但我们不要怒气冲冲地去解决，而是要将心比心对待对方，因势利导。千万不要被恶所胜，而要以善胜恶。洗头的小弟听了我的故事，对我说，"阿姨，你的故事对我很有意义，你还要在这里呆多久？再来讲故事给我听好吗？"我自己没有孩子，但是对年轻人非常的爱怜，希望为他们做点什么。我不知道这个故事对他有什么意义，但是我希望这些故事对他有一些正面的影响。

一天，我又去了南京路上的新新美容院，洗头的716号小姐为我推荐了姓吴的师傅。我坐下来后见吴师傅一直绷着脸。我看他拿着吹风机和梳子很熟练地就将我的头发定好型了。我知道我的头发很柔软，能弄好我的头发的人寥寥无几，可见他手艺很好。我问他是否能收我为徒，教会我弄头发，我不会抢他的饭碗。他说："我自己就是葬送在头发里头了，你为什么还要来学呢？"我说："每个人都应该坚守自己的岗位，也应该喜欢自己的工作，把我们最好的技术和态度在自己的岗位上奉献出来。比如说你吹风做头发，帮助别人很美观地出现在公众场合，让别人增加信心，办事有活力。你对别人的影响并不仅是短短的半个小时啊！"吴师傅撅着嘴没有说什么，我走的时候留了他的电话。两天后，我打电话给他，约好再过去洗头。吴师傅心情看起来好了很多，满脸的笑容。他对我说，这次给我准备了最好的保养头发的东西，而且他相信这次吹得也要比上一次的好，因为他更了解我的头发了。他还说你下次来，我会帮你吹得更好。我问他能将你的故事写进我的书里吗？他很乐意地去拿名片，我看到名片上面写着"吴源明，高级理发技师"。我不知道我说的几句话对他会有什么影响，但是很高兴看到他的变化，喜欢自己所做的事情，尊重自己所做的工作。

星期天，在浦东一家美容店洗头。洗头的小弟和我闲聊，他说 14 岁就离家到外做事，觉得自己做人做事总是不如意，常得罪人。有时看到别人比自己强，还会嫉妒。我对他说："如果你觉得自己不够好的时候，也就是自己进步的时候了。"

不一定每时每刻，和每一个人谈的都是保险内容，每天的一言一行对别人有正面的效应与影响，我觉得人生就有意义多了。

追思挚友悔不及

作为保险专业人员，有时往往会碍于情面或一时疏忽，没有为亲朋好友提供必要的保险服务，以致后悔。

祖炳民教授曾是全美华裔共和党的主席，对华侨有诸多的贡献。我印象最深的是在 20 世纪 70 年代初，他陪尼克松总统访问中国，签订协议，每年可有三万中国大陆留学生到美留学，让一些优秀的中国青年到美深造，再回到自己的国家参与建设。祖教授为人谦和，夫人傅虹霖博士精于油画，在国内也开过多次画展。夫妇俩相当恩爱，虽到高龄，彼此的关怀都在举手投足之间，只是膝下无儿无女。2001 年，我曾随祖教授夫妇一同到华府出席小布什总统就职大典，而 2005 年小布什再次当选，祖教授已卧病榻，无法成行，我只好独自前往。

在海峡两岸关系中，任何外交场合，若中方参加的活动，就要避免台湾代表同时出现。有一次，祖教授得到了一个终身成就奖，我请到了中国当时驻旧金山的总领事王云翔来参加大典。外交场合的两岸关系自然是要处理好。既然邀请了王总领事出席庆典，我就早早到宾馆，并找助手每个人把守一扇大门，注意所有送来的鲜花与贺匾。在晚会还没开始之前，我也跑进大堂再检视一遍。整个晚上，我一直守视在王云翔夫妇身边，杜绝任何的差错，而让祖教授的庆典圆满结束。

2004年，中国驻旧金山总领事彭克玉到任时，我请了硅谷各大老总相聚，像 SYBASE 的程守宗夫妇，应用材料公司的王宁国夫妇，BROADVISION 的陈丕宏夫妇，英国女皇特别欣赏的高科技人士李本能夫妇，硅谷名人陈五福夫妇、李广益夫妇，还有世界射击冠军顾芳蓁夫妇、麦当劳集团的尹集成、旧金山交响乐团的刘文采、希尔顿集团老板蔡实鼎夫妇等等都欢聚一堂，可谓名流云集。祖夫人当时卧病在床，无奈祖教授需提早离开。80高龄的祖教授除了白天在外奔波，每晚都一定陪在病榻边，我非常感动。餐宴后，我到半岛医院探访祖夫人，从那天起，我几乎每天都煮些汤水送到医院给他们两位老人家，一直到他们后来找到一位华人医生韩伟照顾为止。我也记得在探访中提及应把保险处理一下，祖教授似乎非常忌讳这个话题，反倒是夫人表示了兴趣，希望跟我多谈谈。我旅行来来往往，再回到湾区的时候，听说祖教授自己也病倒了。不难想象，这位老布什最信任的华裔朋友，长年累月马不停蹄地在全美各地奔波，为布什竞选筹划及募款是多么劳累。据熟识他的 Grace，也就是现任华裔共和党主席苏女士说，祖教授大公无私，总是和蔼可亲地和别人交谈,连上洗手间的时间都没有。祖教授一躺下,我就没有见他醒来过。他的追思悼念会光在旧金山就举行了两次。第一次连续两天,第一天是家祭,第二天是公祭,悼念者络绎不绝,挤得水泄不通。

祖教授离我们远去了,往日门庭若市的家也渐渐冷清下来。我若在旧金山,则尽量保持每周一次去接祖夫人出来用餐,或探望她,陪她聊聊天。如今,祖夫人每天洗肾度日。我是她的晚辈,也算是她的朋友。但是以一个保险专业人员来说,我觉得格外惭愧。自己认识祖氏夫妇十多年,祖教授还是我的电视节目的顾问,但我在保险方面居然没有为他们做过任何的服务,未能给祖教授的遗孀在晚年提供一个好的保障,真是后悔莫及。

守护天使保平安

不仅仅是保险从业人员，能够并且有责任担当起客户、家庭守护天使的义务，其实各行各业的人们都能成为社会的守护天使，用自己的爱心和力量，使人间和谐、美好。

当年杨医师成为我客户的时候，还是牙医学院的学生。不久，她就大着肚子去上课了。后来我才知道，在修牙医博士的时候，她怀孕两次，第一个刚出生，第二个又怀上了，只能挺着大肚子，怀里再抱着一个去上课。现在她已经是四个小壮丁的妈妈了。她的先生是一位药剂师，夫妇俩都是高薪的专业人士，但彼此上班时间不同。为了照顾四个孩子，只能互相轮休。在美国，家中如请一个保姆，平均每月至少是12 000元人民币左右。一般的家庭没有请保姆的习惯，凡事自己来。杨医师对四个孩子非常爱护，从他们建立自己的家庭开始，我就为她做全部的筹划。两位专业人士的保险，诊所的保险，万一伤残的保险，伤残后的生活保险，伤残后诊所的开销与所有器材支付的保险，孩子的教育基金保险，我都是逐年累月帮她规划，随时调整。

如今孩子一个个长大，当年可爱的小杨医师头发都露出灰白。前两天，杨医师主动打电话到办公室，与我约见，想要将所有的保单做一个审核。她在电话中说道："国庆，你就是我们家的守护天使，有任何的事情我都要先找你商量。"她听到我是在中国回电话，恭贺我要出一本书来帮助别人，赞扬我的善心与爱心，处处为人家着想。

我真的是他们的守护天使吗？我真的愿意做他们的守护天使！不只是杨医师全家的守护天使，我还愿意做所有客户的守护天使，也愿意做每一位愿意接受我服务的人的守护天使。所以我将自己这一生所知所学一点一滴地表达出来，帮助所有需要的人。

不是每一个人都有机会接触到保险，我希望通过我，使更多的人对于保险有一个正确的认识。参加保险的目的不是让我们发财，保险是来帮助我们在一些不能预料的情况之下，可以把我们的损失减少到最低限度。我也愿意帮助在人生的旅途上想要从事一些有意义事业的人，可以选择保险作为他的终身职业。凭借保险，可以将他的理想完成，达到帮助别人的目的，提升本身的人生价值，同时也得到应有的酬劳。我更希望有很多的守护天使，也能借助自己的各个行业，在世界的每一个角落，带着他天使的光环，手上拿着他的小金棒，当人们有需要的时候，他的小金棒一点，就能给这个人间带来平安和快乐，让我们这个世界更加和谐与美好。

（作者注：为保护他人的隐私，本书中出现的部分人名为化名。）

图书在版编目（ＣＩＰ）数据

在有限中追求无限:全球寿险顶尖高手林国庆/林国庆著.
—上海：上海人民出版社,2006
ISBN 7－208－06267－6

Ⅰ.在... Ⅱ.林... Ⅲ.①林国庆-自传 ②保险-商业经
营-经验-中国 Ⅳ.①K825.34②F842

中国版本图书馆 CIP 数据核字(2006)第 048062 号

封面题字　连　战
责任编辑　时海林
特约编辑　李　涛
　　　　　罗　斌
装帧设计　王小阳
技术编辑　姜华生

在有限中追求无限

全球寿险顶尖高手林国庆

林国庆 著

世纪出版集团
上海人民出版社出版
(200001　上海福建中路 193 号　www.ewen.cc)
世纪出版集团发行中心发行
上海锦佳装璜印刷发展公司印刷
开本 635×965　1/16　印张 14.75　插页 10　字数 136,000
2006 年 6 月第 1 版　2006 年 6 月第 1 次印刷
印数 1－8,000
ISBN 7－208－06267－6/F·1417

定价 26.00 元